CB136881

Foto: Victor Angelo

Foto: Daniel Kfouri

GUILHERME MOURA BRITO

ELE ESTÁ NO MEIO DE NÓS

KOTTER
EDITORIAL

Copyright ©Guilherme Moura Brito 2021

Direitos reservados e protegidos pela lei 9.610 de 19.02.1998.
É proibida a reprodução total ou parcial sem autorização, por escrito, da editora.

Coordenação editorial: Sálvio Nienkötter
Editores-executivos: Francieli Cunico e Daniel Osiecki
Editores-adjuntos: Alexandre Beraldo, Micheli Kowalczuk Machado
Capa: Alexandre Beraldo
Foto da capa: Ricardo Matsukawa
Design editorial: Carlos Garcia Fernandes
Produção: Cristiane Nienkötter
Preparação do texto e revisão: O Autor
Fotos: Victor Angelo, Daniel Kfouri, Guilherme Moura Brito

Dados Internacionais de Catalogação na Publicação (CIP)
Angelica Ilacqua CRB-8/7057

Brito, Guilherme Moura
Ele está no meio de nós / Guilherme Moura Brito. -- Curitiba : Kotter Editorial, 2021.
120 p.

ISBN 978-65-5361-033-0

1. Obras da Igreja junto aos pobres - Brasil - Igreja Católica 2. Pessoas desabrigadas I. Título

CDD 261.8320981

21-5584

KOTTER EDITORIAL

Kotter Editorial Ltda.
Rua das Cerejeiras, 194
CEP: 82700-510 - Curitiba - PR
Tel. + 55(41) 3585-5161
www.kotter.com.br | contato@kotter.com.br

Feito o depósito legal
1ª Edição
2021

GUILHERME MOURA BRITO

ELE ESTÁ NO MEIO DE NÓS

Dedico este livro a Nara Vernalha Brito, por nos trazer luz em tempos de tamanha escuridão; a Júlio Renato Lancellotti, ao povo da rua e a todos aqueles que lutam por um mundo onde caibam vários mundos.

Pedras são sonhos na mão
Flores que brotam, brotam do chão
Se as pedras não voam os sonhos são em vão
E em tempos de escuridão
O sol se põe
Mas se um dia as pedras cantam
Se um dia as pedras cantam
Se cantam as pedras os sonhos dançarão
(El Efecto)

Foto: Victor Angelo

O livro do Guilherme é um exercício de etnografia. Veio conhecer e mergulhou no mundo da rua até interagir, pela presença, palavra e participação. De observador reflexivo, passou a mais um a participar e a vivenciar a vida do povo em situação de rua.

Penetrou a dor, descobriu o amor. Escreveu uma resenha, uma rotina, uma visão em prosa e verso. Poeta sem rima, que sabe conjugar, articular, penetrar e refletir. Ler os seus textos me faz aprender com emoção, e até chorar.

Agradeço ao Guilherme, a sua capacidade de olhar e avaliar, descobrir e amar. Faz bem ler e comprometer-se em lutar para transformar esse mundo, como nos diz Paulo Freire: Um lugar onde seja bom amar.

Padre Júlio Lancellotti

SUMÁRIO

ELE ESTÁ NO MEIO DE NÓS

A cidade cinza, a Pandemia, os imensos campos de concreto. São espaços que se configuram num só lugar, onde predomina o não lugar. Ruas que abrigam e desabrigam almas e corpos que andam em constante ressurreição. Ali, apesar dos passos que por vezes parecem frágeis, há um Jesus que caminha com eles e adentra as malocas, becos e as calçadas sem fim, com a mão sempre estendida, acalentando os caminhos do mundo.

Foram, e ainda continuam sendo, incontáveis manhãs e geladas noites, num frio que insiste em ir além daquilo que o corpo é capaz de sentir. Por pouco que seja, o desabrigo foi sentido na carne e muitos foram os olhos em que os reflexos das pupilas transformaram-se em notórios pedidos de socorro.

E em meio a tanto, surgiram incontáveis perguntas que só a convivência foi capaz de demonstrar o quão inútil é essa tentativa de compreensão e entendimento de uma força que não se faz entender. E não há o que entender. Há apenas o que partilhar, conviver e sentir.

São tempos inglórios, de penúria, desentendimento e extrema falta. É uma crise que cresce e se estende à palavra não dita e aos olhares que se desviam quase sempre, numa tentativa de manter os privilégios e as coisas do mundo, tais como são e talvez, não como deveriam ou poderiam ser.

Incontáveis também, foram as ações, que às vezes, dentro de uma hora já não cabiam nas mãos. A figura implacável é o que terá um espaço cativo na memória de muitos.

Passos firmes, um avental branco, sobreposto a outro. Hora amarelo, hora laranja. E a máscara com filtro rosa. Máscara de guerra, que prepara para o confronto diário, cobrindo boa parte de seu rosto, mas incapaz de esconder seus olhos que sabem falar. E às vezes, gritam.

Sempre atento aos arredores, ao telefone que não para, aos silêncios e dizeres daqueles que o cercam. E como o cercam. Ele atua como um disseminador da esperança, aquele que faz esperançar, em tempos de constante obscuridade.

No Brasil, o Coronavírus acentua as desigualdades da população mais vulnerável. Milhões de pessoas estão expostas à doença, sem possibilidade de distanciamento social e condições de higienização adequadas.

É a força da resistência e às vezes, da sobrevida daqueles que não têm absolutamente nada. Alguns parecem não ter nem mais do que sentir saudade.

Júlio Lancellotti é a dose de amor que carece o mundo. E o convívio demonstra que as ações vão além de um conforto momentâneo e uma necessidade urgente, por mais que muitas vezes, tudo leve a crer o contrário. Há algo além. E mais uma vez, descarta-se a compreensão e o entendimento resultadista que exige nossa sociedade do descarte e da desumanidade.

Há de se conviver, sem ganho, sem perda, apenas com fidelidade. Sobrevive-se entre os ataques constantes que vem de todos os lados. E vive-se entre os sorrisos resgatados e carinhos reproduzidos em atitudes daqueles de quem o mundo só espera o pior.

Até hoje são sentidos os efeitos de um período pandêmico que parece não ter fim. E a força desta mão invisível, recai sempre com mais intensidade sobre aqueles que nada tem.

A partir de 2020, temos um Padre que rasga a lógica neoliberal e se coloca na linha de frente da maior crise sanitária do nosso tempo, questionando e combatendo uma lógica de interesses perversos, empunhando incontáveis bandeiras de minorias historicamente oprimidas.

E nós sempre o tivemos, nestas mais de três décadas de luta. E nós sempre o teremos, pois seu legado não morrerá, e estará sempre vivo na figura de Jesus abandonado, com medo, com fome e com frio, debaixo do viaduto.

O primeiro contato com ele, aconteceu no início da Pandemia. Após alguns contatos telefônicos, consegui um horário em sua agenda apertada e de início, tivemos um bate papo, na própria Paróquia. Lembro-me do espanto ao ver aquela figura imponente, personificando a força, o amor e a compaixão. Ele se interessava pelo meu interesse, e me trazia pra perto das ações, fazia questão de mostrar a realidade cotidiana, dos mais de 30 anos de luta. Aos poucos, as idas e vindas até a Mooca se tornaram cada vez mais frequentes, e na exigência do tempo, configurou-se uma amizade, que transpôs a admiração e transformou a visão de divindade, na convivência com um amigo, que partilha, conforta, reprende, ri e chora junto. Foram incontáveis dias de uma jornada que enfrentou a chuva, o sol, o frio e as constantes dores que os olhos puderam ver, no abandono feroz que dita as regras da nossa sociedade atual. Em meio a tudo isso, também tivemos as alegrias que apareceram nos raros momentos de distração. Ele está e estará para sempre, no meio de nós.

Foto: Victor Angelo

MENOS
PEDRAS
MAIS
FLORES

JÚLIO RENATO LANCELLOTTI

Eu estava com fome e você me deu de comer; eu estava com sede e você me deu de beber; eu estava despido e você me vestiu, eu estava preso e você foi me visitar; eu estava doente e você cuidou de mim, eu era andarilho, forasteiro e você me acolheu. Mas quando foi que eu te vi com fome, com frio, despido, andarilho, preso, doente? Todas as vezes que você deixou de fazer isso a um destes pequeninos, foi a mim que você deixou de fazer.

(Mateus 25:45)

Júlio Renato Lancellotti nasceu em São Paulo, no bairro do Belém, no dia 27 de dezembro de 1948. Há mais de 30 anos exerce a função de pároco na Igreja de São Miguel Arcanjo.

Seus pais eram descendentes de imigrantes italianos, e ele, em seu modo de ser, não nega as origens. Alto, de voz imponente, com gestos firmes e um olhar marcante, capaz de acalentar, repreender, ordenar, rir e sobretudo, acolher.

Sua mãe, Wilma Ferrari, que após o nascimento dos filhos deixou a profissão de secretária para se dedicar às tarefas domésticas, era considerada uma mulher culta, possuía o hábito da leitura e amava Érico Veríssimo. Foi ela quem ensinou aos filhos as primeiras letras. Aos 12 anos, Júlio entrou para o seminário na cidade de Araraquara, mas já naquele tempo o menino questionador por natureza, se incomodava com a rigidez da Instituição e logo retornou para São Paulo.

Sua juventude trouxe idas e vindas na carreira religiosa e neste meio tempo, formou-se em auxiliar de enfermagem na Santa Casa de Misericórdia de Bragança Paulista e se tornou pedagogo ao concluir o curso nas Faculdades Oswaldo Cruz.

No ano de 1980, aos 32 anos, conheceu Dom Luciano Pedro Mendes de Almeida e por meio de uma grande amizade, juntos realizaram toda a fundamentação da Pastoral do Menor da Arquidiocese de São Paulo. Sua ordenação como sacerdote aconteceu em abril de 1985.

Seus trabalhos também exerceram um papel muito importante na formação do Estatuto da Criança e do Adolescente, instituído no ano de 1990. Seu histórico de atuação junto a menores infratores, detentos em liberdade assistida e pessoas carentes em geral, possibilitou a parceria com diversos movimentos sociais que se articularam numa construção coletiva com o objetivo de garantir os direitos fundamentais das crianças e adolescentes através do Estatuto e de políticas públicas capazes de amparar essa parte da população.

No ano de 1991 fundou a Casa Vida, uma Instituição que tinha como objetivo acolher crianças portadoras do vírus HIV. A ideia tinha como objetivo, proporcionar um ambiente capaz de, através do afeto, dar um sentido mais profundo à sobrevivência das crianças acometidas pelo vírus. Muitas dessas crianças haviam perdido os pais e eram consideradas como os filhos do Padre Júlio Lancellotti. Foram fundadas duas casas, a primeira no bairro Água Rasa e outra no bairro da Mooca.

Júlio Lancellotti convive com o povo da rua e tem no olhar, uma das suas características mais marcantes, uma forma de acesso às mazelas sofridas por essa gente tão esquecida, julgada e atacada em nossos tempos atuais.

Num dos momentos mais dramáticos de nossa história onde uma avassaladora crise econômica potencializada pela COVID-19 e, aliada a uma lógica de governo excludente e mortífera que arremessa os menos favorecidos em condições de grande vulnerabilidade, ele resolveu permanecer na linha de frente, junto com os maloqueiros e maloqueiras que receberam sem prévio aviso uma emergência sanitária, sem nenhum tipo de orientação, proteção, auxílio e amparo.

A distribuição dos lanches matinais, segundo ele, acaba sendo apenas uma simples forma de acessar o outro, de ir ao encontro de uma necessidade concreta e a partir disso, quebrar a incomunicabilidade, acessando uma grande quantidade de informações a respeito de como o povo da rua está e esteve durante o processo da Pandemia.

Diz ele enxergar a figura de Jesus no morador de rua, de maneira muito forte, através de uma semiótica. Historicamente, sabe-se que Cristo era itinerante e andarilho, e também por isso, foi muitas vezes atacado pois sua ação na história se configurou como uma ação libertadora, que questionava os privilégios dos mais abastados e estava sempre ao lado daqueles que por consequência de um sistema opressor, eram os mais fracos. E continuam sendo.

Sob a proteção de São Miguel Arcanjo, Júlio Lancelotti resiste, com bravura e firmeza na luta pela justiça e pela misericórdia, contra aqueles que semeiam a retórica do ódio.

Ele caminha em meio às mais penosas e terríveis realidades, como um anunciador da esperança, pois em suas próprias palavras, a prepotência e a ameaça não combinam com o amor de Deus.

A Pastoral do Menor da Arquidiocese de São Paulo tem como missão, a promoção da defesa da vida da criança e do adolescente empobrecido e em situação de risco, de maneira que seus direitos fundamentais sejam garantidos.

E para se falar sobre esta figura, que pode ser considerada como uma das maiores lideranças humanitárias de nosso tempo, não podemos deixar de mencionar a fidelidade, que se manifesta nas ações, posturas e olhares dessa luta que, segundo ele, não se trata de uma luta para se vencer, mas sim, para ser fiel.

Nesta caminhada, a luta é para que os efeitos se apresentem na história, como tantas outras lutas que a humanidade precisou travar. Sempre junto da população carente, foram inúmeras as manifestações de rua, intermediações em reintegrações de posse e confrontos com guardas municipais e policiais militares. Todas, ações contra a injustiça social em suas mais variadas faces.

O caminhar consciente do Padre em meio às ruas paulistanas, parece já ter entendido que os resultados de suas ações não serão imediatos, e o agora se faz como um tempo de plantio e resistência, em que a terra precisa ser semeada com amor, força e coragem, para que os ramos da justiça possam vencer o concreto ardente e assim, florescerem para os que virão.

Suas ações muitas vezes parecem ir na contramão da própria Igreja, que em parte, de maneira não tão velada, não vê com bons olhos as ações e posicionamentos do Padre diante daqueles que muitas vezes são considerados como não merecedores de qualquer espécie de acolhimento.

Seus posicionamentos muitas vezes convocam à reflexão e à mudança de pensamentos, fato que, historicamente, sempre causou incômodo na Igreja Católica, que em muitos momentos da história se caracterizou como uma Instituição que se desgarrava dos mais fracos, agindo com extrema agressividade perante à população menos abastada.

> *Desde a Santa Inquisição, até os dias de hoje, muitos são os episódios em que a Igreja Católica se distancia dos menos favorecidos, adotando assim, uma postura totalmente contrária àquilo que, teoricamente, se tem como fundamental em sua doutrina.*

Há de se ressaltar que, ao mesmo tempo, também é notável a existência de um lado da Igreja que se compromete em seguir as diretrizes encontradas no cristianismo. Estes são os que enxergam, no pobre e no abandonado, a figura de Jesus Cristo, fato que para estudiosos do assunto, teólogos e biblistas, é algo indiscutível e fundamental à fé cristã.

Ao frequentar as calçadas e conviver com as malocas, este homem vai de encontro aos crucificados, como um Jesus 2.0, marcando de forma muito intensa este século que cresce conosco, e com quem aprendemos e desaprendemos juntos numa transformação lenta e gradativa.

Ele confronta o poder, que em sua estrutura e em seu exercício, se corrompe em meio às inúmeras seduções e interesses tanto à direita, quanto à esquerda. Diz acreditar que Deus é mulher, negra, criança, e que hoje Deus está com COVID-19, sofrendo com aqueles que sofrem e sendo discriminado junto daqueles que são rejeitados e esquecidos.

Encarar o cristianismo como proposta prática para se viver tem um preço, que é o mesmo preço histórico da luta e da resistência que desafia a lógica do descarte inerente ao capitalismo. E ele paga o preço. Nem mesmo uma Pandemia feroz e mortífera, que ainda se estende por um longo tempo, foi capaz de impedir e frear a convivência do Padre Júlio Lancellotti com os mais vulneráveis.

No início deste imenso problema, pensava-se que essa população seria dizimada, e mesmo no grupo de risco, o pai dos pobres está e esteve com eles o tempo todo.

Neste longo período de humanização da vida, muitos foram os percalços enfrentados. Os ataques e perseguições sofridas por estar sempre ao lado dos que são atacados e perseguidos, há tempos fazem parte de sua trajetória. Em tempos de ódio e intolerância como os que vivemos atualmente, as ameaças têm sido constantes e o incômodo com a misericórdia aos menos favorecidos parece crescer de maneira intensa, fato que lamentavelmente acaba por repetir alguns episódios de nossa história, marcada pela opressão e pela repulsa às minorias.

Ao lado dos oprimidos e com a fé fundamentada no amor ao próximo, ele permanece, a duras penas, oferecendo máscaras aos que tossem, cobertores aos que sentem frio, comida aos que tem fome e amor aos que de alguma forma se assemelham a ele.

São absolutamente todos os que vem ao seu encontro, sem qualquer tipo de distinção ou apontamento, e sem que com isso, lhes seja subtraído o direito de escolha e a promoção da autonomia, que é sem dúvida uma das ideias mais fortes de seu convívio em todos esses anos.

A luta continua em meio aos ataques das milícias digitais e dos inúmeros inimigos que tentam frear seu legado e calar suas palavras e ações sempre em defesa da vida.

Os ataques que o acompanham desde sempre, hoje acontecem principalmente nas redes sociais, capazes de reunir um grande número de pessoas, que muitas vezes se sentem protegidas pela virtualidade e ganham força para emitir opiniões ameaçadoras e agressivas, que caminham num rumo totalmente contrário à realidade, sem qualquer tipo de fundamentação e coerência.

Durante essa travessia de mais de 30 anos, uma das coisas que Júlio parece ter compreendido é o fato de que as ações devem ser realizadas a partir do convívio, num contato direto com a realidade daqueles que muitas vezes não são ouvidos e vistos. "A gente trabalha a partir do que eles pensam, do que eles acreditam".

Nesse tempo todo, as formas de comunicação também passaram por grandes mudanças, e diante disso, ele também corre atrás para se atualizar, mantendo uma conexão necessária, tanto para que um maior número de pessoas possa ver o que precisa ser feito e está sendo feito, quanto para, de uma certa forma, facilitar a obtenção de recursos, muitas vezes sendo a ponte entre o povo da rua e os paletós e gravatas que se resumem ao vergonhoso conforto das salas com ar-condicionado.

Para este homem, fazer conexões é um dom, que se mistura entre sua grande habilidade perceptiva, que lê a realidade como poucos, através de olhos que sabem falar e um senso de identificação com aqueles que mais precisam, seja de um ombro amigo, ou de alimentos que vão matar a fome do dia.

A caminhada firme com os pés sempre sustentados pelas sandálias franciscanas e em meio ao frio cortante da metrópole, carrega a rua com ele. Homens, mulheres, trans, jovens e velhos, formam uma corrente, que protege o Jesus das Ruas e pula na bala por ele se for preciso.

Eles são múltiplos, em histórias, aflições e desejos. Na convivência com o cotidiano da maloca, compreender a religiosidade do povo da rua tornou-se um constante exercício de empatia ao próximo, em suas dores, medos, necessidades e anseios.

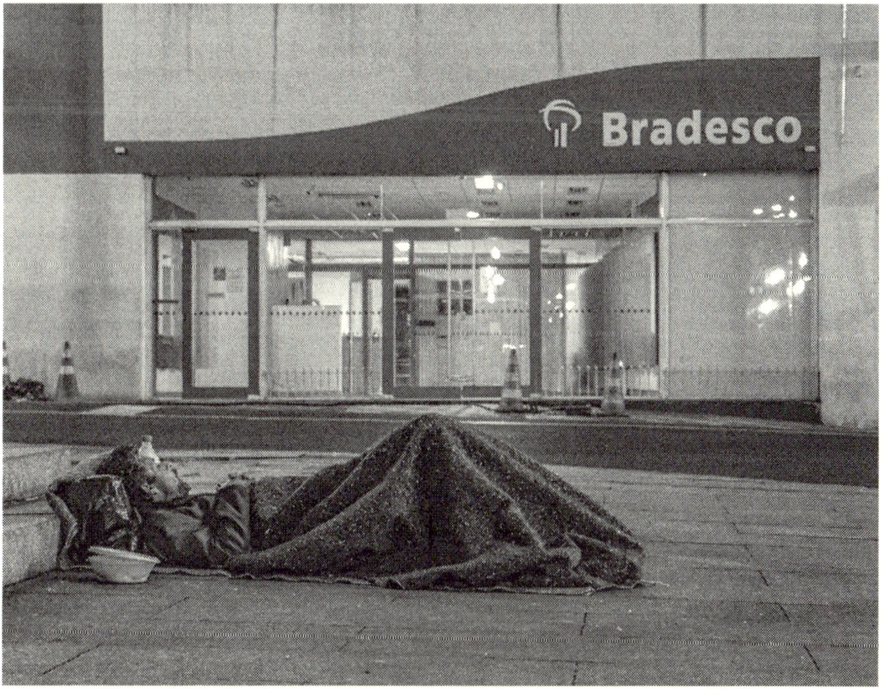

Fotos: Victor Angelo

Na necessidade extrema e continuada, que urge, o princípio ético não prevalece e a partir disso, lidar com a engenhosidade das transgressões dos esquecidos é uma tarefa constante para o Padre que nestes casos, enxerga na malandragem uma ferramenta de sobrevivência.

Ele permanece às voltas com a vida dura e impiedosa que excomunga os que se negam a ser o combustível que faz a máquina girar. E ele também se nega, quando em meio às tradicionais liturgias dominicais, brada palavras de ordem, que denunciam os efeitos da especulação imobiliária, a agressividade da polícia e todas as facetas do ódio e da discriminação que tanto atingem nossas classes menos favorecidas.

Busca-se aqui, um mundo em que caibam vários mundos, onde o pão possa ser partilhado em sua melhor parte e não se queira matar pela solidariedade e o amor àqueles que o Estado prefere maltratar e esconder.

A força vital parece se manter a partir da identidade que se encontra nas dores e mazelas dos mais necessitados, através de um movimento de perseverança numa batalha atemporal, capaz de fazer germinar sementes até nos terrenos mais pedregosos.

É possível perceber a iminência de um contínuo e permanente estado de atenção às profundidades e contradições da existência humana, capaz de resgatar os olhares que miram longe, ensimesmados, voltados para dentro e muitas vezes esquecidos.

Mesmo em tempos em que os horizontes se alargam, ele segue sua missão, abençoando rostos sem nome e produzindo respostas que rompem com a imobilidade, tanto na fala que convoca para a ação, como na própria ação, que reflete a prática diária e ajuda a enxergar o mundo, quebrando hegemonias e mostrando a realidade dentro de um enfoque de superação.

Na realidade de tantas dores, enxerga-se a figura de Deus, nas imperfeições, contradições e fraquezas sempre daqueles que estão do lado de baixo. E caminha-se, na luta diária, com fé, força e coragem.

PANDEMIA E SITUAÇÃO DE RUA

Este livro começou a ser escrito no meio da Pandemia. O Coronavírus escancarou a desigualdade e espalhou as várias faces da miséria pelas ruas, expondo as enfermidades e angústias dos esquecidos. Espalhado por um país devastado pelo ódio e pela polarização, este recorte da população foi entregue à própria sorte.

O fechamento de tudo, transfigurou a invisibilidade dos moradores de rua em algo visível, como a sujeira que sempre foi empurrada para debaixo do tapete e agora, quando exposta, incomoda.

A cidade viu o que não via. Diante de todo este processo, as pessoas que normalmente já vivem num estado de vulnerabilidade extrema, tiveram suas necessidades, temores e riscos, elevados de uma maneira nunca antes vista, o que tornou a situação de rua propriamente dita, juntamente com suas peculiaridades, um problema muito mais urgente e dramático. A atuação do padre Júlio Lancellotti e sua convivência com a rua traz importantes reflexões, e talvez uma das principais seja o fato de que em momentos como o de agora, quando o medo acaba sendo um dos sentimentos mais naturais em nossos corações, a solidariedade é um sentimento que pode ser cultivado e evocado, a fim de que mudanças significativas possam acontecer.

Mesmo que aos poucos e mesmo que às vezes pareça que estamos sendo derrotados todos os dias.

Muito provavelmente, o Brasil entrará para a história como um dos piores países do mundo no que diz respeito ao enfrentamento da Pandemia.

Desde o início do problema, uma série de posturas extremamente questionáveis fizeram parte de nosso cotidiano.

Diversas vezes o vírus foi menosprezado e banalizado. O pensamento científico, deu lugar a movimentos obscuros, anticientíficos e retrógrados, que orientaram a atuação desastrosa de um governo que se mostrava cada vez mais perdido à medida em que o vírus avançava e ceifava milhares de vidas dos brasileiros.

Diante de nossos olhos, um plano de morte foi posto em prática. Do próprio governo, partiam orientações que desincentivavam as medidas de proteção, como o uso de máscaras e o distanciamento social. O descaso ficou ainda mais evidente quando vieram a público as recusas de compra de vacina, que poderiam certamente ter salvado muitos milhares de vidas.

> *Além de menosprezar os efeitos da Pandemia, o Presidente da República, descaradamente, dissemina falsas informações que vão sempre na contramão da ciência e fazem com que, por meio de uma postura covarde e através de discursos patéticos, o Brasil, gradativamente e dia após dia, vá se transformando em chacota mundial.*

Neste momento, ainda enfrentamos um período muito delicado e em meio ao abrandamento das restrições e a instauração de uma CPI que pretende averiguar os meandros da negligência do Estado brasileiro diante da maior crise sanitária do século, vivemos o perigo de uma terceira onda.

Como de costume, em nosso país, problemas como este, sempre afetam de uma maneira mais intensa, as classes menos favorecidas, os desvalidos e esquecidos que muitas vezes ainda têm sua condição criminalizada por aqueles que se dizem cidadãos de bem.

Eles não são anjos e não são demônios. A população da rua repete o funcionamento da sociedade considerada como normal. Quem vive na rua também é vítima de uma dinâmica dominante, que muitas vezes conduz a sociedade a uma lógica de consumo desenfreado, inconsequente, irresponsável e sobretudo, alienante e excludente. 2020 e sua crise sem precedentes, engrossaram as estatísticas que foram escancaradas, em carne viva sob as marquises de concreto.

Para essa parte da população, a máxima "fique em casa" não serve. As pessoas em situação de rua, costumam utilizar dos espaços públicos como praças, viadutos e locais desabrigados.

Essa dinâmica torna o enfrentamento da Pandemia com relação a essa população num problema extremamente complexo e o resultado muitas vezes acaba por demonstrar a fragilidade e a ineficiência das nossas políticas públicas. Até o momento, não existem números sobre o impacto da COVID-19 nas pessoas em situação de rua, o que revela uma desatenção no campo das políticas públicas para este conjunto populacional. As questões que atingem o povo da rua são invisíveis.

A população de rua tem sido uma vítima invisível da doença. A crise sanitária, somada à crise econômica, ao desemprego e ao desamparo constante, agravam ainda mais os impactos que recaem sempre com mais força sobre aqueles que estão sempre à mercê da sobrevivência.

Haja vista que, o CENSO Nacional não contabiliza as pessoas em situação de rua, fato que dificulta muito o desenvolvimento de medidas capazes de atender estes cidadãos. Oficialmente, a cidade de São Paulo possui por volta de 24 mil pessoas em situação de rua. Entretanto, sabe-se que o número real é muito maior. Além das ocupações, acredita-se que a metrópole possua mais de 30 mil pessoas em estado de vulnerabilidade extrema, ou seja, sem condições básicas para a sobrevivência.

A população de rua reflete a queda na qualidade de vida geral da população, que se acentuou nos últimos anos a partir do aumento das ações de uma política neoliberal e do descaso em relação às políticas de acolhimento e proteção social para a população mais vulnerável.

Esse conjunto de fatores foi responsável por fazer com que o Brasil retornasse para a linha da miséria e fosse recolocado no mapa da fome.

Foto: Victor Angelov

Além disso, não existem respostas suficientes e adequadas para este problema. A população de rua é heterogênea, e nesse sentido, há a necessidade de respostas múltiplas, pois trata-se de uma questão muito complexa, o que impede o estabelecimento de uma fórmula capaz de dar conta das peculiaridades que envolvem o fenômeno da vulnerabilidade social.

Este fenômeno não é episódico, trata-se de uma questão histórica, que permeia todo o desenvolvimento da sociedade brasileira, desde seu início até os dias de hoje.

Através de uma lógica de vida que preza sempre pelo lucro, o neoliberalismo crescente, acaba por promover uma exclusão constante que criminaliza a pobreza e institucionaliza a violência numa tentativa de deslocar as responsabilidades do Estado e culpar aqueles que são privados de seus direitos em tempo integral.

Para entendermos melhor os movimentos que levaram ao crescimento vertiginoso na população de rua, é importante pensarmos na forma como se deu a evolução do país, que de maneira muito rápida e acelerada, efetuou um deslocamento social que modificou muitas das características do seu povo.

Nos anos de 1950 éramos 50 milhões de brasileiros, sendo que 80% desta população vivia na zona rural e 20% na zona urbana. Com o chamado êxodo rural, que pode ser considerado como o resultado lógico de decisões políticas ditadas pelo capital, houve um aumento gigantesco da população urbana, que nos dias de hoje chega a 90%. Não é de hoje que este tema, aos olhos do senso comum é interpretado como uma ameaça para a sociedade. Por décadas, este mito é sustentado por uma dinâmica social que se baseia na meritocracia como quesito de pertencimento e na exclusão como resultado de um olhar incapaz de ir além da superfície.

Os excluídos acabam se transformando em alvos. O medo da população que se considera de bem, da mesma forma, é sustentado por

Fotos: Victor Angelo

ameaças imaginárias que tentam eximir os incluídos de suas responsabilidades e colaboram para que seus privilégios permaneçam inabalados.

Questionar essa dinâmica transformou-se num ato de rebeldia, que causa incômodo numa sociedade que tem por hábito, fingir que está tudo bem e que a mão estendida na calçada, implorando por alimentos, é apenas um fruto da normalidade.

Através de um autojulgamento mergulhado em fé e meritocracia, nossa classe média se coloca acima de tudo aquilo que não compactua com sua descarada arrogância. Aos berros, os dedos estão sempre apontados para os mais fracos, que agora, mais do que nunca, são um lugar para onde se pode depositar todo o ódio, antes adormecido, e hoje legitimado e autorizado.

A dondoca que veste camisa amarela e bate palma para autoridade, se julga superior, sem se dar conta de que na compulsão frenética do consumo, se entope de quinquilharias da pior espécie, transformando seu desfile horrendo e patético, numa das piores inverdades da sociedade brasileira.

A perversão da palavra é o que constrói o discurso entranhado na boca das elites.

Nos últimos anos, as condições desta população têm se agravado muito no Brasil. A crescente crise econômica e o desemprego, principalmente a partir de 2017 tem forçado famílias a migrar de cidade em busca de trabalho, o que repete o movimento vivido pelo país em meados do século passado.

O desafio do qual o Brasil parece se recusar a enfrentar, segue sendo o desenvolvimento de políticas públicas capazes de atender essa parcela da população de forma eficaz, a partir de algo que vá além da tutela e promova a autonomia.

Da criminalização da pobreza, que passa por uma visão reducionista de nossos problemas sociais, nasce o ódio, o nojo e a repulsa pelos pobres, que pode ser resumido num conceito novo, denominado aporofobia, proposto pela filosofa espanhola Adela Cortina.

O desconhecimento histórico e a cultura da raiva, propagada principalmente pelos movimentos de ultradireita ao longo dos últimos anos, faz com que uma grande parte da sociedade vanglorie todo e qualquer tipo de ação truculenta que seja direcionada às minorias.

Em 2017, o neologismo "aporofobia" foi eleito como palavra do ano. O conceito foi desenvolvido para evidenciar o que a filósofa chama de sistêmica rejeição à pobreza e às pessoas sem recursos.

Esta é uma faceta alarmante da sociedade brasileira, que em parte, se deixa levar pela alienação e abraça causas suicidas e bandeiras odiosas. Trata-se de um incômodo histórico, que vem se agravando à medida em que a violência e a intolerância são autorizadas.

Eles fazem bagunça, balbúrdia e algazarra. Em nome da família, o rebolado do pobre tira o rico do sério, que em seu mar de contradições, considera-se responsável por reprimir, julgar e condenar determinadas posturas que possam estar aquém de suas caixas de concreto.

Na dança, eles mostram que são donos de seus próprios corpos, o que para delírio da classe que se diz dominante, demonstra que eles existem, muito além do que tão somente meros objetos de produção.

A dominação quer exterminar tudo aquilo que mancha a paisagem da cidade. E para quem vê de perto, sua falsa calmaria embotada nos ternos e gravatas, esconde surtos e fúrias que escapam pelo branco dos olhos.

Nessa condição, como podem eles, fazerem festa e dançarem?

Na rua também tem festa. Eles se organizam na tentativa de capturar a alegria escondida no passado e resgatada pela sábia ingenuidade das crianças que correm.

Como já foi dito, eles não obedecem à lógica do sistema, e por isso, são descartáveis, invisíveis e indesejados.

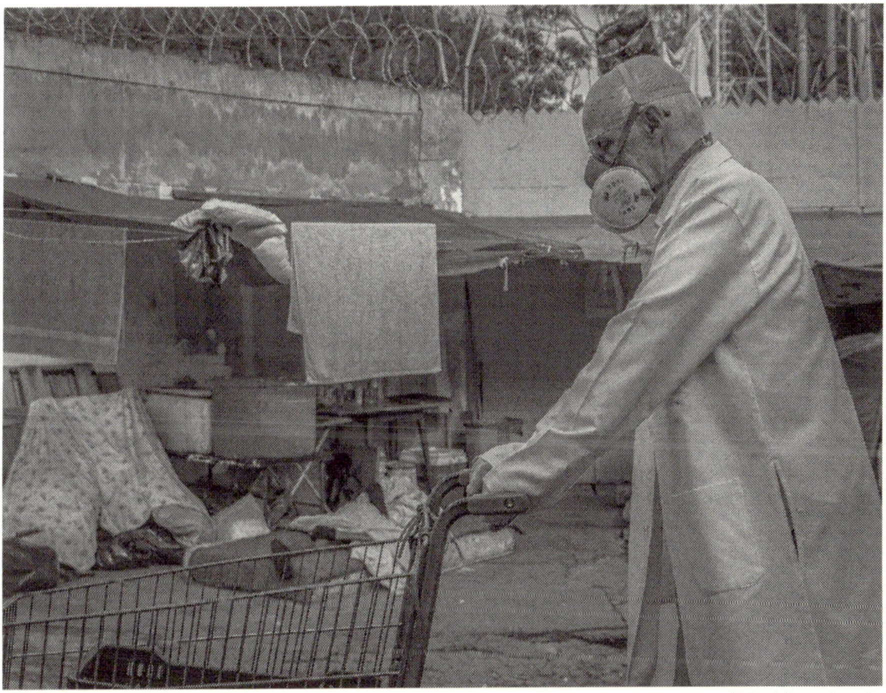

Foto: Victor Angelo

Por tudo isso, quem está do lado deles também é mal visto por essa parcela da sociedade que condena e culpa a pobreza dos pobres. Não há espaço para compaixão sem merecimento.

> *Através de uma retórica violenta, parte da sociedade brasileira, se vê às voltas com falanges fascistas, adotando uma postura que vai além do destempero e se transfigura numa ameaça real às liberdades, sobretudo quando falamos em minorias.*

Isso nos ajuda um pouco a entender os motivos pelos quais o Padre Júlio tem sofrido constantes ataques ao longo dos anos. A simples compaixão é capaz de despertar os mais terríveis sentimentos nos corações de um povo que adoece dia após dia.

Numa sociedade capitalista, estar do lado dos derrotados como prova de fidelidade é um movimento difícil de ser compreendido, pois o que é valorizado, na grande maioria das vezes é a competitividade, e a prosperidade.

Além disso, existem consequências que estão intimamente ligadas a este ato de bravura. Não se trata de um trabalho, uma vez que, não há o que ser produzido, além da própria sobrevivência, não existem resultados a serem atingidos, já que o funcionamento da rua, é singular e não obedece qualquer preceito que esteja ligado a algum tipo de ordem, senão aquela que se faz ali, na urgência, e que se molda de acordo com a necessidade do instante.

Ele mesmo diz, que o que tem sido feito com o povo da rua nesses 30 anos não é um trabalho, é um convívio.

— Eu não faço nenhum tipo de trabalho com os irmãos da rua. Eu convivo com eles.

Para os moradores de rua, o Coronavírus é apenas mais um risco, dentre tantos aos quais eles estão sujeitos em seu cotidiano sempre regado à indiferença e descaso. As intempéries são escancaradas e o perigo iminente sempre ronda a cidade, que mesmo tomada por seus milhões de veículos, não consegue esconder os habitantes das sarjetas, calçadas, marquises e viadutos.

No entanto, o que mudou agora para os que vivem nas ruas é o fato de terem que lutar contra um inimigo invisível. Para eles, a sobrevivência exige ainda mais, e oferece cada vez menos, numa logica predatória, injusta e ainda mais excludente.

Novamente, nossas políticas públicas são colocadas em xeque. Como de costume, poucas são as ações de conscientização quando nos referimos ao povo da rua. Na Pandemia não é diferente, e não poderia ser.

Normalmente, a condição em que se encontra a população de rua, torna-a mais suscetível a vários tipos de infecções, e por esse motivo, fica evidente a necessidade de um olhar diferenciado em relação a seu contato com a doença.

Aos que vivem dessa forma, reserva-se um estado de vulnerabilidade constante. É preciso considerar que a rua é impiedosa e castiga sem dó, os corpos que nela fazem morada. Diante de um declínio físico que tende a ser cada vez mais acelerado, as camas de cimento hospedam elementos e riscos de grande agressividade.

A sobrevivência deste povo, passa muito por aquilo que é descartado e pelo que sobra. Da mesma forma, são as informações que chegam a eles. Suas andanças os deixam safos, afinal de contas, seu modo quase animalesco de viver, tem como arma o apuro dos sentidos.

Ainda hoje, pode-se perceber que o vírus muitas vezes é algo de que eles simplesmente ouvem falar. A familiaridade com os movimentos da rua os faz perceber que a cidade mudou. Mas eles não enxergam o vírus, e para quem está acostumado ao mais cru e palpável do concreto, a abstração exige um esforço enorme, que muitas vezes apenas confunde e anuvia as percepções.

Não há com exigir tanto desse povo, que age quase sempre na imperatividade das urgências e nos riscos que para eles são muito mais do que visíveis. A fome, o frio e o abandono, fazem do Coronavírus apenas mais uma ameaça com a qual é preciso conviver.

Onde eles vão lavar as mãos?

Com os comércios fechados, como tentativa de diminuição do fluxo de pessoas nas ruas, essa parcela da população passou a ter uma escassez ainda maior no que diz respeito ao acesso à comida e vários outros tipos de ajuda dos quais suas vidas são dependentes.

Além disso, é preciso levar em conta que grande parte das organizações não governamentais, que prestam um importante auxílio para essa população, fecharam suas portas, obedecendo às recomendações das autoridades. Isso tornou a vida dos moradores de rua ainda mais ausente de recursos, penosa e difícil.

A falência das políticas voltadas para a população de rua, passa por diversos atravessamentos, a começar pela abordagem que muitas vezes segue uma lógica de resultado, algo incomum e sem sentido para muitos dos casos que estão pelas ruas.

Como já foi dito, a lógica da rua é singular. Sendo assim, o imediatismo de certas ações acaba por sucumbir, muitas vezes na superficialidade de um olhar que carrega em si, julgamentos históricos e sociais.

A situação de rua propriamente dita, raramente é encarada como uma existência possível e dessa forma, na lógica que rege nossas instituições, há muito pouco no que se refere ao estreitamento dos vínculos, sem um ordenamento de vida ou um trabalho que tenha como objetivo transformar o morador de rua em alguém que produz e consome.

Enumerar os fatores responsáveis por produzir o fenômeno da situação de rua seria uma tarefa além de árdua, pouco produtiva e superficial, uma vez que, isto poderia muito facilmente descaracterizar um dos principais pontos desta questão: a singularidade.

Cada indivíduo carrega consigo uma história, com experiências e vivências muito particulares, e nisto, não podemos deixar de levar em consideração, aspectos não somente geográficos, políticos, sociológicos e temporais, mas também, algo que talvez sempre, de uma forma ou de outra, escapa de nossas conceituações. Algo difícil de nomear, o íntimo do ser, a maneira particular como se enxerga o mundo e os efeitos que essa travessia produz. É sempre uma compreensão que nos escapa.

E ainda, talvez, neste desconhecido de profundezas abissais, podem ser encontradas e depositadas reações como o medo, o ódio e a repulsa característica daquilo que causa extremo incômodo e desconforto, muitas vezes por nos depararmos com nossas próprias fragilidades e idealizações.

Eles não entram no jogo. Porque não concordam com as regras que foram impostas sempre injustamente. Não lhes foram oferecidas condições para jogar e diante disso, eles criam as próprias regras. Algumas vezes também tentam criar os próprios jogos.

No neoliberalismo, o descarte é um fator inerente. E os descartáveis não poderiam ser outros, senão aqueles que não produzem e não alimentam a lógica de um sistema violento, desumano e perturbador, que os faz oscilar entre a invisibilidade e o ódio.

São passos dados entre escombros diários, que os fazem estar sempre às voltas com a própria destruição, no mundo da força do trabalho e do capital, que explora e suga até seus últimos respiros.

Segue-se uma lógica de garantia dos privilégios de poucos através da exploração da vida de muitos, num movimento desproporcional, desumanizador e perverso, que rege grande parte das relações interpessoais no nosso tempo.

O fato é que, no sistema, para os menores, não há espaço para escolha, e quando a catraca gira, quem não gira junto é triturado e engolido. Perder a fé em muitos dos casos parece não ser uma opção, mesmo em realidades que se apresentam de uma maneira tão cruel.

Foto: Guilherme Moura Brito

O estado de sobrevivência constante, exige que a fé vá além de uma dimensão religiosa e transcenda para um espírito de luta, resgate e combate por todas as causas em que haja alguma modalidade de opressão.

Por isso a militância frente ao sistema vai além, e através da fé e da coragem, também se coloca em defesa das terras indígenas assombradas e dizimadas pelos interesses ruralistas, por exemplo. São todos reféns de um sistema excludente, que funciona à base de interesses maléficos e traiçoeiros.

São dimensões que se aproximam para defender-se de interesses sempre ligados à questões de classe social. Caminha-se às voltas com a constante revolta da subalternidade, e tudo faz crer que, para uma existência mais humana, este é um caminho sem volta.

A rua traz sempre um sincretismo evidente que carrega consigo uma modalidade de respeito comum ao sagrado. Além do misticismo, no concreto, sagrado é o proceder e o papo reto na caminhada. A multiplicidade de religiões que se manifestam na espiritualidade daqueles que não tem um teto para repousar suas cabeças é como um amuleto que vem de dentro pra dentro, e protege dos perigos sentidos na carne e no imaginário.

No início de julho, o frio da capital é impiedoso. O céu acinzentado parece derramar toneladas sobre as vidas daqueles que estão pelas ruas e um vento leve e contínuo, torna a hostilidade das horas ainda mais penosa e cruel. Sobre alguns, os pedaços de pano são tantos que, somando-se às máscaras, só se pode ver um risco fino na altura de suas faces; são os olhos que se espremem junto ao encolher dos corpos muitas vezes em posição fetal, como se estivessem numa tentativa de resgate do paraíso uterino, lá no fundo das memórias mais íntimas, onde nada lembra o inverno cortante da metrópole.

As ressignificações parecem ser uma das chaves que a convivência do Padre com o povo da rua proporciona. Ele abre as portas, derruba os muros e remove as pedras do caminho nem que seja a marretadas, numa heroica tentativa de descontruir a teoria da retribuição, em que Deus retribui com sofrimento as más ações.

Júlio Lancellotti parece atravessar as trevas do mundo, vestido de sol e produzindo para os esquecidos, um oásis de lucidez em seus desertos de melancolia, numa tentativa de mostrar para o mundo que o verdadeiro reinado de Deus é uma mesa farta para todos.

A luta é contra um sofrimento fabricado pela mão humana, muitas vezes a partir daqueles que se negam a enxergar o sofrimento do povo.

A contaminação da população de rua pela COVID-19 foi menor do que se pensava. Hoje, pesquisadores já estudam os efeitos da doença diante dessa parte da população. Existem suposições que inicialmente se baseiam no fato de permanecerem ao ar livre, sem possibilidade de confinamento, como também a exposição ao sol ou talvez, algum outro aspecto de imunidade ainda não descoberto.

Mesmo com os efeitos tendo aparecido num menor grau do que se pensava no início, deve-se atentar de uma maneira muito particular aos efeitos psicológicos, sociais e econômicos, que serão verdadeiramente sentidos ao longo dos anos e prometem ser devastadores.

Eles são estradas vivas, que traçam seu caminho por meio de noites traiçoeiras em que seus sentimentos são negados e calados à força. Andam entre trovoadas e ventanias, são o caos, o não dito, a nossa imagem refletida no espelho quebrado, o espírito que desorganiza tudo, num furacão que destelha nossa segurança e nos arranca de uma fria e miserável conformidade.

MICROSCÓPICOS

As crianças também estão por ali, e muitas vezes, não há espaço para desejos. Apenas a triste e penosa sobrevivência. Há de se querer mais do que tão somente os cérebros sepultados em suas cabeças e as mandíbulas que mastigam o transcorrer do tempo, que não é o tempo do relógio.

Na atenção dedicada aos menores, o Padre demonstra seu sincero interesse pela humanidade, que nos faz questionar a utópica noção do amor incondicional.

Elas são abraçadas pelas mães, com o resquício de força que lhes resta. Cabeças são envolvidas por braços e tórax maternos.

A sobrevivência carrega sobras de amor. É a heroica tentativa de abrandar a fome e umedecer a secura dos lábios com o pouco, mas sempre terno calor humano. Nos entardeceres hostis, sobrevive o genuíno e inabalável amor materno. Na deslealdade de dias impiedosos, nem o mais deplorável estado humano é capaz de silenciar o som do amor.

Dentre as malocas habitadas muitas vezes por crianças que tentam se proteger dos perigos da rua, Júlio Lancellotti estende suas mãos e no instante de um olhar, ganha a confiança dos pequenos. Pega um pequeno recipiente preenchido com detergente e água. Ele brinca. Arranca sorrisos e é envolto por pés e mãos minúsculas que correm sem destino, esquecendo-se das preocupações precoces que por um momento, deixam de existir.

As crianças do sol tentam driblar o amargor, caminhado com passos apressados entre as estreitas filas dos carros. São tanto, e tão somente, pobres crianças. Que sem escolhas, necessitaram crescer antes do tempo, saltando de suas infâncias, rumo a perversos precipícios diários.

São infâncias resgatadas em raros momentos de distração, que em meio a uma realidade tão pungente, limitam-se à ludicidade de uma

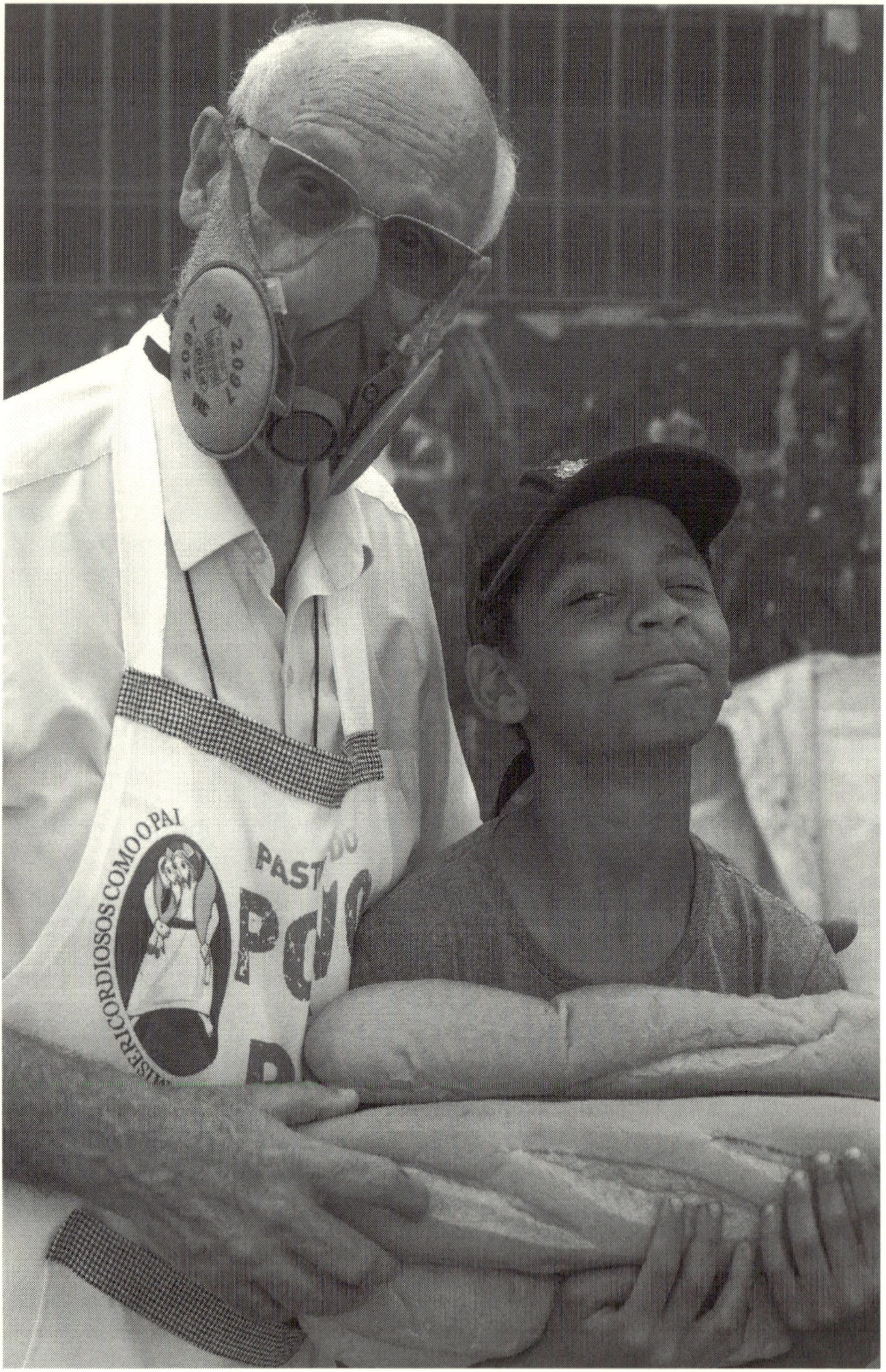

Foto: Daniel Kfouri

disputa pura e ingênua, o que deveria ser o comum de seus dias. As bolhas de sabão saem do sopro do Padre e raramente escapam das mãozinhas dos meninos, que correm junto com ele pelas ruas seguindo com os olhos os traços que seus braços desenham no ar, como o regente de uma orquestra dissonante, de rara e oculta beleza.

Elas tomam conta dos ares e são como a vida, que diariamente insiste em escorrer pelos dedos, que de tão leve e tênue, escapa aos poucos, subindo pelo céu cinza.

O povo adormece nas beiradas, em meio às barracas e aos poucos pertences. Inclinam os pescoços de maneira desajeitada e aos poucos, danificam as esquálidas colunas. Choveu. As poças da madrugada ainda avançam, submergindo pobres pés cascudos e pelados.

O álcool está sempre presente na vida dos renegados. A substância encharca seus sistemas nervosos centrais, dá coragem e bravura para que se possa enfrentar o transcorrer de dias hostis. O suor perpassa pobres poros viciados. A angústia mostra os dentes em temíveis falas delirantes, onde os sonhos perdidos se tornam reféns de meros urros de ódio.

Os esquecidos aglomeram-se na dormência e no descaso. A força dos bocejos lhes faz com que as lágrimas escorram-lhes os olhos. Parecem não estar vivos, e nem mortos. A perversidade das intempéries, castiga-os como se estivessem dominados por espíritos malignos que caminham pelo mundo.

A aflição nos olhares é uma denúncia. Permeados por íntimas perturbações, os esquecidos, em sua vulnerabilidade explícita, despertam o desprezo, o ódio e a revolta daqueles que acompanham o desmoronamento da dignidade alheia na primeira fila da hipocrisia.

Eles estão longe. Fora dos espaços. Num vácuo singular onde nada se conhece. Exigem-lhes honestidade e prudência, esquecendo-se de que quando a fome impera, disseca-se qualquer virtude politicamente correta. A indiferença é um apreço para quem está habituado às cusparadas dos transeuntes e à truculência da polícia.

Na carência dos condenados, onde não existe afago, a ausência de contato é o mais próximo de qualquer possibilidade de conforto. Os homens carregam as mesmas caras castigadas, e semblantes esquecidos, largados às margens, sem possibilidades, sem esperanças, com cada vez mais fome e ausentes de qualquer propósito além da sobrevivência. As mulheres não são muito diferentes, a não ser em suas feminilidades, que se perderam em histórias sôfregas, onde a dor parece sempre tentar corromper suas identidades e desejos.

O álcool é um companheiro muito presente na vida de uma boa parte das pessoas que se encontram em situação de rua. Além de aquecer as noites frias, o poder psicoativo da substância, oferece um tipo de rompimento momentâneo da realidade, que muitas vezes, é a única maneira possível de que se suporte situações tão imperativas e cruéis.

Alguns, espalhados pelas pretas calçadas, beijam-se despudoradamente. Tocam-se em demasia e mostram que suas transas não dependem de normas ou roteiros. A totalidade erógena de seus corpos, mescla liberdade, alucinação e sofrimento. Muitas vezes, eles mesmos não tem a certeza de onde estão deslizando suas línguas. A necessidade de amor é indiferente a qualquer predileção.

A humanidade dos seres, aos poucos, parece ir se perdendo no breu da melancolia, nestes tempos em que deparar-se com um corpo morto, estirado pelos cantos do mundo, tornou-se uma cena terrivelmente habitual. Espalham-se em abundância, muito além do que se pode contar num breve passar de olhos sobre a multidão de memórias cobertas pelo esquecimento.

Carregam faces castigadas, em semblantes que parecem resgatar um passado distante. Estão largados às margens, sem possibilidades, sem esperanças, com cada vez mais fome e ausentes de qualquer propósito que vá além da sobrevivência. Mesmo na insuficiência de braços de uma mãe

Foto: Daniel Kfouri

que tenta abraçar simultaneamente as numerosas crias, vê-se no reflexo de suas pupilas a imagem das faces afetuosas de cada um dos meninos e meninas que a cercam na certeza de que ali, mesmo tendo as estrelas como teto, se encontrará o mais puro abrigo.

Quando o horror impera, cabe à inocência, sobressair-se s sobreviver. Ainda que com isso esteja por vir mais um dia de dor.

As impossibilidades devoram e fazem com que as crianças, em seu estado marginal, teçam caminhos incertos e dolorosos, que exigem de mais de suas evidentes fragilidades. Em seus anseios mais puros, reside o desejo de que passem a vida inteira sob o olhar destes olhos.

Impossível prever os caminhos que o destino reserva aos esquecidos. Estejam onde estiverem, parecem sempre estrangeiros. Em suas andanças, pesa a ausência de familiaridade. Tudo lhes é estranho, e nada lhes pertence. Neste mundo embrutecido, seus corpos sem morada, perambulam aos montes.

Alguns corpos tentam sarar feridas cobertas com esparadrapos que se desprendem das peles. Carregam mochilas, que hospedam o emudecido de suas histórias, quase sempre inacessíveis aos olhares que os condenam mil vezes em meio segundo.

A estrela da manhã come-lhes as esperanças. Todos os dias, amanhecem na saudade e na dor dos caminhos tortos que se fazem trilha dos que permanecem no escuro e habitam o esquecimento sem fim.

Quando as luzes dos faróis acendem, interrompendo o fluxo sufocante dos automóveis, caminham os moribundos, com magras mãos estendidas, nas raras vezes em que os vidros não sobem, deixando-os imersos no descaso eterno.

Neste desarranjo humano, onde cresce a intolerância, perpetua-se uma lógica torturante, que arremessa corpos e almas no abismo do desconhecido, como se tivessem sido expulsos de sua humanidade e restassem apenas seus corpos.

Foto: Victor Angelo

Quando não invisibilizada, a população de rua sempre desperta suspeita. Até mesmo quando são mulheres e crianças, um cenário que aumentou muito nos últimos anos, não por escolha, mas por necessidade.

Grande parte dos albergues estão em condições de extrema precariedade, onde a desumanidade persiste a ponto de percevejos e muquiranas, devorarem famílias inteiras, aos poucos e lentamente, num movimento de perpetuação da dor.

Alguns, em plena caminhada, chegam a dizer que já estão mortos. Dentre os caprichos de constantes desilusões, mentiras e verdades compõem seus desacordos na falsa valentia que logo se amansa nas indignações que se calam.

Os irmãos pairam sobre o flerte da morte. Aprisionados nos próprios corpos, como cárceres em rebelião e enjaulados pelos olhares que apontam, julgam e condenam.

Os personificam como demônios, que se fossem, não sentiriam o medo, a fome e o frio. A eles, nada se comunica e quase tudo se distancia e se repele, num movimento mórbido que os entrega aos mais duros efeitos da conformidade alheia, que na negligência escancarada, aceita, e assim, move sabidamente, um sistema que garante seus privilégios.

A rua é o nosso retrato. É um documento vivo que demonstra a maneira como nossa sociedade foi sendo construída em 521 anos de uma escravidão que ainda não acabou e joga dia após dia o povo pelas ruas, sem morada, sem comida, sem amor, sem olhar e sem palavra.

A crise da palavra nos coloca diante de um desarranjo humano que age como uma máquina regida por logaritmos perversos onde o sofrimento humano e a desumanização da vida são o combustível para o lucro e a mais valia.

Os invisíveis, excluídos dos excluídos, em todo lugar, são sem lugar. Observa-se um viver em que o espaço para os sonhos está sempre podado, calado e refém de uma lógica excludente, que os afoga num mar de hostilidades. Eles estão no meio de nós, e suas vozes sufocadas, suspiram constantemente, como se sempre estivessem às voltas com um último respiro.

Na convivência e na partilha, parece se estender uma mão que retira a foice dos braços da morte e os coloca para que se levantem, além do abismo de fel e do sofrimento que retira as forças.

A comida como instrumento de aproximação é capaz de promover momentos em que as dores são esquecidas e permitem o espaço para um segundo de alegria no emaranhado das múltiplas cores que caminham.

Eles têm todo o tempo do mundo, pois muitas vezes estão distantes de tudo, e assim, podem fazer o próprio tempo. São refugiados urbanos que procuram no silêncio e nos olhares, o alimento existencial que na maioria dos dias é a falta que lhes corrói sem piedade.

Na fila de humilhados e ofendidos, os desacertos da vida, por vezes são denunciados por espasmos que percorrem os corpos e almas. Ali, direciona-se um olhar que vai além da conta, num movimento que rompe com muitos de nossos esquemas de pensamento, onde o perdão é vivido sem limites e por inteiro.

Eles são amados quando supostamente menos merecem e certamente mais precisam. É o ponto fora da curva, no aprendizado diário e conjunto que desfaz as amarras e se manifesta a partir do convívio.

Há momentos em que restam-lhes apenas os olhares para que se possa identifica-los como humanos. Ficam cobertos em casulos, como se fosse sua última tentativa de proteção. Perambulam e desfiguram-se, metamorfoseados em espíritos transgressores de um sistema excludente que não dá conta de domar suas constantes doses de rebeldia.

Caminham em ventos contrários. Numa caminhada que exige, e ao mesmo tempo, quase sempre, retira-lhes as forças e a lucidez, colocando-os do avesso. Por vezes, irreconhecíveis a si mesmos.

A imagem no espelho reflete tudo aquilo que se perdeu no breu do tempo e nas vulnerabilidades imperativas que tomam conta da vida e fazem com que a beleza se perca em silêncios e profundas melancolias.

Nestes corpos absortos, o rancor inspira medo e exibe, por mais que se tente ocultar, lágrimas que insistem em sair e correm uivantes por entre as pálpebras. Estão aos montes, como anjos caídos, despencados de um céu que agora se perde na turvação.

Olhares. São quase sempre atônitos e cheios de pavor. As rugas que moldam suas faces são traços de histórias veladas que tentam sobreviver e não naufragar no poço de esquecimento destes tempos dilacerantes.

São dias passados em carne viva em mundos ruídos no não pertencimento em que todo este sem rumo, arde nas margens.

O andante queria ser mar. Mas se perdeu nas distrações e incertezas. O que restou foi o mal querer e o frio cortante da madrugada devoradora de qualquer horizonte.

Ele foi deixado para trás, e por causa de sua tristeza, o brilho no olhar dissipou-se quase que totalmente. Agora passam-se estreitas horas onde tudo é cruel e o universo insiste em se apagar até que tudo seja silêncio e densa melancolia.

Na fugacidade. No desespero calado que não deixa desabar o desamor e não alivia as angústias de corpos que carregam o mundo nas costas. Eles são incêndios.

Nas horas que passam inundadas de silêncios, a solidão acaba sendo a mais fiel companheira daqueles que caminham pelos tempos, sempre apontados com o mais concreto sinônimo do desagrado.

Pregos estão sempre sedentos. Querem perfurar passos clandestinos. Nas ruas, garrafas vazias espalham-se aos montes. Aos montes também estão os ébrios de noites passadas.

Pombos de olhos vermelhos caminham em passos descontinuados. Rodopios delirantes, num ritmo demoníaco.

Para alguns, é preciso distrair-se, para que o peso de uma consciência brutal, não desabe sobre suas cabeças e transforme tudo o que resta em abismo e silêncio.

São solidões agrupadas, afim de construir refúgio na soma das dores que pouco a pouco vão constituindo um constante padecimento.

Condenados por seus notáveis vícios, convivem com o apagar de suas virtudes, que não encontram espaço nestes tempos estranhos e nas horas que transcorrem em câmera lenta.

O povo da rua quer ir além da penumbra e dos cantos amontoados que os colocam uns sobre os outros. O movimento frenético e constante impede que se veja, que quando parados, seus olhares miram horizontes muito mais do que distantes.

Na fugacidade destes momentos, amores interrompidos retornam em suas memórias castigadas pela ferocidade do abandono. Na esquina vazia, olhos de bordas amareladas, enchem-se de lágrimas. Há uma força desconhecida, que por desespero de proteção, tenta fazer pedra de tudo aquilo que é o sentir.

Porém, quando a cabeça repousa na palma da mão passada de leve sobre os rostos demarcados pelo sofrer, todos transbordam. Cada um em seu universo. Cada história, única. Fazendo deles, tão iguais entre si.

De quebrada em quebrada, sempre existe um canto em que o papelão vira teto, nos quarteirões que se transformam em frios labirintos para se perder. Nos sonos, às vezes sem sonhos, as distâncias nunca se estreitam. A invisibilidade é uma cova que os engole ainda vivos.

Eles são os Severinos de nosso século, todos iguais entre si, naquilo que se despeja o sofrer. São conviventes com aquilo que se morre, de emboscada e de prematura velhice. E de fome, e de tristeza, e de esquecimento.

Aqui, invoca-se o conceito de mistanásia que se refere à morte miserável, vinda antes do seu tempo, num despedir-se da vida marcado pelo excessivo sofrimento.

Essa morte pode vir muito antes do cessar de batimentos cardíacos ou ondas cerebrais. É a morte daqueles que já estão mortos em vida, numa sociedade que descarta sem dar a chance de sobrevida àqueles que não podem pagar.

Esse povo, constantemente, está refém de uma força maior, que reveste o curso das coisas por interesses que garantam a desigualdade das classes. Diante disso, torna-se impossível dissociar a precariedade das políticas públicas brasileiras frente à COVID-19, sobretudo no que diz respeito à população mais vulnerável.

No Brasil, a mistanásia é uma realidade latente. A Pandemia escancarou esse conceito e demonstrou de maneira inquestionável o quanto as populações marginalizadas sofreram com o adensamento das estatísticas que nos colocaram como o epicentro mundial desta crise sanitária.

O termo mistanásia, pode ser usado quando pacientes morrem de maneira evitável, por falta de atendimento de qualidade, insumos, omissões e outros fatores que decorrem da má administração da saúde pública. Na maioria dos casos, este fenômeno atinge indivíduos excluídos da sociedade, que dependem das políticas públicas.

Em seus vazios sagrados, o pecado de cada toque impuro é o que os aproxima um pouco do amor esquecido, e hoje, traduzido em atitudes que soam grotescas aos olhos de quem tem pressa.

Os cosmonautas da metrópole respiram o chumbo que faz pesar seus corações, junto ao lobo em pele de janeiro que faz o tempo correr bruto e hostil. Não custa muito para que a incompreensão transfigure-se em raiva. Suas existências são embarcações à deriva, que se perdem no longe, e nos sorrisos cada vez mais raros que vez por outra, aparecem no frescor de brevíssimas alegrias.

Eles estão em todos os lugares, observando o convulso entrelaçar de pernas que delineia no chão um confuso jogo de luzes e sombras que prendem olhos às telas e condenam ternos absortos a um estado hipnótico e cadavérico.

Aqui, comum é o não lugar. E o emudecido grita socorro pelos olhos. Deles, os cachorros sempre são os melhores amigos. Também são andantes e fiéis, faça chuva, faça sol, faça fome ou frio. São sempre suas sombras. A língua para fora da boca faz da exaustão, sede desmedida. Parceria sublime, e por vezes mal vista. O desabrigo só não existe na companhia de um para com o outro.

Eles se entendem. Sem moralismos, respeitam-se. Cada um em seu espaço, sem espaço, sem nada, apenas companhia e fidelidade. Periféricos, renegados e esquecidos na hostilidade da metrópole que não tem mais para onde crescer, e por isso, sucumbe no sufoco.

No mundo cão não tem espaço pra vacilo. A maldita explode veia, rasga pulmão preto entupido de cigarro barato. Se não pagar, a morte vem mais cedo e há quem diga que esse jogo de ganhar e perder, tem um lado bom. Livra da dor.

As histórias viram lendas urbanas e percorrem os ouvidos dos esquecidos que hoje estão só pele e osso. Mais osso, e a cada dia, mais dor e esquecimentos que se perdem em mentes esfumaçadas e desorganizadas pelas saudades.

Pés descalços fervem, recém-saídos de infâncias roubadas e acostumados aos aniquilamentos diários. Muitas vezes entregues. No marasmo do tempo que massacra os olhares, como pontos distantes no cosmo sem luz.

Em seus corpos, as marcas contam suas histórias de vida e misturam-se entre tatuagens foscas, mal rabiscadas, em traços tortos e cicatrizes saltadas na pele, em riscos grossos que quase expõem a carne. Fogem das fardas, que personificam o demônio, em carne, osso e ódio

As tantas faces do desamparo, repetem-se em tudo aquilo que é lugar. E quando está tudo muito quieto, cruzam-se os olhos dos renegados. Sua interlocução singular não carece de palavra.

A entrada da comunidade Nelson Cruz se dá poucos metros após a antiga FEBEM, às margens da Avenida Celso Garcia, no bairro de Belém. Foi lá que o Padre Gilson Frank dos Reis desenvolveu grande parte de seu trabalho, sempre voltado para a população de rua e com dependência química.

Gilson testemunhou na pele os efeitos dessas questões sociais tão presentes em nossos dias. Ele mesmo, por mais de uma década precisou lidar com questões sérias a este respeito. Em mais um domingo em que busquei o Padre Júlio Lancellotti em sua casa, antes das 7h da manhã, recebo a triste notícia do falecimento de Gilson, e junto a isso, o pedido para que fôssemos ao velório. Fomos prontamente.

Os caminhos da vida o levaram a sempre estar na linha de frente, testemunhando o amor de Deus e se debruçando junto dos menos favorecidos e daqueles que de certa forma travam as batalhas diárias que ele precisou travar em muitos momentos.

E falando em caminhos, um dos que dá acesso à comunidade, estava aberto entre pilhas de montanhas de lixo que eram escoradas para as laterais da estrada, como um labirinto em que não se sabe ao certo o que esperar no próximo passo.

O inescapável tom de intimidação se dá através de um contexto que se forma por meio de um cenário detalhadamente construído sempre a partir da desconstrução, na quebrada, onde não sobra pedra sobre pedra

Labaredas erupcionavam de dentro de tambores enferrujados, formando figuras distorcidas que pareciam se personificar em criaturas inomináveis. Tudo isso, ao som do funk que comia solto desde a noite passada.Homens e mulheres dançavam, expondo seus copos com bebidas coloridas como troféus.

A própria diversão parece carregar um teor de agressividade que serve como proteção e defesa para aqueles que permanecem imersos num mundo rodeado por perigos iminentes em que o estado de alerta não pode dar trégua.

Não existem limites para o entorpecimento, que parece agir como um mecanismo de fuga e distanciamento de uma realidade cruel e implacável.

Lembro de ter dito a ele: - O negócio aqui começa cedo, não é? E ele, em resposta: - Não, o negócio aqui ainda não acabou. Essa é a turma que já estava desde ontem.

Adentramos um pouco mais o local, e logo o cenário mudou completamente, cerca de 200 metros.

Júlio Lancellotti, ao avistar a movimentação, já desceu do carro apoiando-se em sua fiel muleta, e com os costumeiros passos firmes e confiantes, dirigiu-se até o local, onde imediatamente foi reconhecido pela multidão. Cumprimentou algumas pessoas que pareciam ser próximas a Gilson e permaneceu por alguns minutos, em silêncio, num notável exercício de meditação, compaixão e respeito por alguém que certamente teve seu carinho e admiração ao longo da vida.

Na Capela Nossa Senhora Aparecida, pôde-se ver uma grande comoção na cerimônia de despedida do Padre Gilson. Dezenas de pessoas permaneciam ao redor de seu corpo, que repousava no cessar completo de todas as dores.

Era possível notar o tom respeitoso, que permeava a tristeza de uma comunidade que agora se vê sem uma parte de si.

LUGAR A IGREJA A RUA

São Paulo. Mooca. 08:00h da manhã. Cheguei até a Paróquia de São Miguel Arcanjo, à espera do padre Júlio Lancellotti para uma conversa agendada há tempos. As portas da pequena igreja estavam abertas e no seu interior, já podia-se ver uma fila de pessoas em situação de rua, que se aglomeravam no entorno do prédio, sem qualquer tipo de organização aparente, a não ser a da própria existência, que se camuflava num instinto de sobrevivência, muitas vezes capaz de desnudar um caráter animalesco, que por vezes, beira o não humano.

Foto: Victor Angelo

Avistei o altar, que estava coberto por um pano verde, muito presente em minha memória, devido ao discurso antifascista que vi e revi inúmeras vezes em minhas andanças pela internet. Observo as imagens dos santos, dispostas com esmero e cuidado. Ao fundo, repousa o retrato da Irmã Dulce dos Pobres, conhecida como O Anjo Bom da Bahia, uma famosa religiosa brasileira que ganhou notoriedade por suas ações humanitárias de caridade e assistência aos desfavorecidos.

A região onde está localizada a igreja, é cercada por cooperativas de reciclagem, o que favorece a presença de pessoas em situação de rua nas imediações do prédio. Grande parte das pessoas que se encontram nessas condições, tem como ganha pão, o ofício de catador. Eles limpam a cidade e muitas vezes fazem do lixo dos ricos, sua única possibilidade de sobrevivência.

As carroças construídas por meio das sobras de ferros e tábuas, transformam-se em veículos capazes de carregar centenas e centenas de quilos diários, que depois de um esforço sub-humano, se converterão no pouco ou quase nada que rege a vida sofrida deste povo esquecido e invisível.

Um grupo, em sua grande maioria formado por homens, domina a região e tem a rua como quintal de casa. Eles perambulam em meio aos carros que cruzam as esquinas de maneira frenética e violenta. Buzinas são frequentes, pois os andantes estão quase sempre na contramão e atrapalham os ternos engomados e seus SUVs, que precisam fazer a catraca girar.

Alguns se acomodam pelo chão, e na embriaguez matinal, dormem como bebês renegados em suas camas de cimento. Amontoam-se os corpos. Outros, estacionam as carroças e cultivam os pés descalços, com cascas espessas, capazes de enfrentar o sol, a chuva e o asfalto borbulhante.

A camisa da seleção brasileira, aos trapos, está sempre presente. O escudo mal bordado, descolado do pano, completa-se no amarelo desbotado e no número às costas, que está irreconhecível. A imagem representa o 1x7 constante, que escancara a vergonha diante de nossos olhos. Todos os dias.

A Pastoral do Povo da Rua fica na rua Taquari, esquina com a Sapucaia. Lá são celebradas missas diárias pela manhã. O local também funciona como ponto de arrecadação de mantimentos, roupas e produtos de higiene pessoal, que são recebidos, triados e direcionados para quem precisa. São muitas caixas e sacolas chegando a todo momento. O amontoado de coisas vai sendo armazenado na pequena sala, o que causa uma falsa impressão de fartura, que se esvai em poucos minutos. A realidade, mais tarde, nos mostrará que a falta é uma presença constante nos dias dessa gente.

Quem deseja ajudar, vai até o local e também tem a oportunidade de conversar com o Padre, que mesmo em meio a uma rotina de constantes acelerações, sempre arruma um tempo para quem tem paciência de esperá-lo em suas mais variadas demandas que surgem constantemente.

As luzes dos postes clareiam a madrugada. Estrelas estão apagadas e logo vai amanhecer. Aqui, a dor não tem glamour. Não é poesia. É verdade. Observa-se o movimento robótico e matinal da cidade. Comerciantes levantam as portas dos estabelecimentos entre tosses e bocejos.

Os lugares já hospedam um ou outro gato pingado. Conversas resumem-se a futebol, política e risadas forçadas. Os renegados despertam de seus sonos desconsolados. Agora a insônia vai virar caminhada sem destino.

O demônio do meio dia se apresenta na mansidão sufocante de um ar sem movimento. Na rabeira do caminhão de lixo, encardidas luvas de borracha envolvem mãos calejadas. O colete fosforescente quer proteger as vidas dos trabalhadores que correm invisíveis entre os carros.

Sobre suas cabeças, repousam enormes sacos pretos. O bom humor e a constância de seus sorrisos é uma riqueza desconhecida, acessível apenas àqueles que são capazes de enxergar o mundo além da náusea própria dos ternos e gravatas.

O Demônio do Meio Dia é um livro de memórias escrito por Andrew Solomon. A obra examina aspectos pessoais, culturais e científicos da depressão, que por sua vez, é um aspecto também presente na vida do povo da rua, que muitas vezes sofre na invisibilidade.

As saudades impronunciáveis corroem tudo o que há por dentro e o peso de uma consciência comprometida, desencadeia uma luta interna onde os resquícios de lucidez insistem em sobreviver.

Eles precisam seguir seus caminhos. O passado retorna diariamente e as vagas lembranças, muitas vezes são o que os orientam num mundo perverso e desprovido de tudo aquilo que é implorado por seus penosos olhares.

Os anos de vereda, de tão impiedosos, roubaram aos poucos, grande parte da serenidade que um dia pode ter habitado estes corpos. Quem vive nas ruas, por vezes vê o tempo transcorrer em demasiada mansidão.

O andar desnorteado desconhece a urgência cotidiana e os trajes descartáveis ficam pelo caminho quando o encardume do tecido torna-se insuportável ou o volume das peças atrapalha e dificulta a caminhada.

Observando a região com um olhar atento, é possível perceber a dor, que se esconde em meio às trivialidades matinais. Desde o gari de macacão laranja fluorescente que adentra a padaria num papo descontraído, demonstrando intimidade com o garçom, até os caminhares descompassados, que cruzam as calçadas com suas máscaras e olhos voltados pra dentro.

A essa altura, o Sol já rompeu a madrugada e agora, avista o conservadorismo intolerante e bem visto do cidadão de bem, que desfila dentre os uniformes e o abrir e fechar de portas que dita as regras de um jogo em que todo mundo joga com os personagens já definidos.

A catraca gira sem piedade e os motores aceleram na produção da dor que acompanha o existir de almas subalternas. Quase não dá tempo de sentir o que os olhos veem e tentam abrandar sem sucesso.

O movimento que faz as máquinas girarem, só aumenta, e aos poucos, a pureza do amanhecer se transforma em cacofonia. O trabalho dignifica o homem, que na indignidade, trabalha, abrindo mão da própria vida.

A negação da realidade vai muito além de meras faces rabiscadas de maquiagem barata. Ela se mostra nos falsos tons de cortesia, e na servidão que é exaltada por brancas esmolas lançadas às mãos dos renegados.

Há vezes em que tapam-se queixos, bocas e narizes. Há vezes em que tampam-se os olhos, num placebo gritante que mantém a cegueira coletiva.

A AÇÃO
A MISSA

A Missa do Padre Júlio começa às 7h da manhã. Alguns poucos fiéis, acompanham a liturgia em meio a leituras e cânticos, que na maioria das vezes são entoados pelas mulheres, responsáveis por preencher a primeira fila dos bancos de madeira.

A rigidez clerical das palavras impressas no missal, faz lembrar as características de um padre comum. De longe, tornam-se imperceptíveis as peculiaridades de seu trabalho, que muito além do sacerdócio, tenta resgatar de forma muito particular, a beleza das almas que habitam este mundo. Conto doze pessoas. A simplicidade do evento traz um tom de verdade para o ambiente. Sua dedicação para com os ritos eclesiásticos, em breve vai se repetir no fino trato com os esquecidos. Sob o canto do hino de São Miguel, os fiéis recebem o corpo de Cristo.

A voz firme e o rigor na leitura não são capazes de velar a simplicidade do homem que em seu modo de viver, mostra os caminhos para a construção de uma sociedade mais justa e menos desigual. Os santos de várias formas e cores, preenchem o entorno da igreja, como se formassem uma redoma de proteção para os fiéis, num sincretismo que parece almejar um lugar de liberdade e fraternidade quase utópicas. São inúmeras as peculiaridades deste encontro.

Dentre o roteiro caracterizado pelos preceitos e pela doutrina da Igreja Católica, existem frequentes momentos de reflexão, muitas vezes com temas espinhosos e considerados como tabu. O presbítero não se prende às amarras e parece procurar um discurso coerente, de aproximação, união e partilha. Sua fidelidade recorrente, voltada para a figura de Jesus Cristo, traz aspectos transgressores, de resistência, que muitas vezes não são bem vistos por parte de nossa sociedade que nos últimos tempos carrega uma tendência preocupante no que diz respeito ao obscurantismo.

Por vezes, a cerimônia rompe com o protocolo, tanto na disposição do ambiente, quanto naquilo que se faz imprevisível, tornando a dinâmica acolhedora e muito mais próxima do que se vive cotidianamente nas ruas; aquilo que não se pode prever e controlar, o que está sempre no escape da frieza metódica que rege a lógica do capital e transfigura as vidas em meros dados quantitativos.

Não se obedece essa lógica, já que aqui, preza-se pela lógica da desobediência e da rebeldia, quando se rompe com as trivialidades e acolhe-se o outro, sempre em seu estado de ser, integralmente.

As palavras deste homem tentam iluminar as cabeças dos fiéis e emancipar o povo de conceitos retrógrados. O fervor nas palavras demonstra que ali existe uma missão.

Pedagogo por formação, Júlio Lancellotti está sempre ensinando. É como se fosse o pai que guia os filhos pelos caminhos tortuosos do mundo e oferece as ferramentas para o desenvolvimento de habilidades e percepções. Os livros são seus fiéis companheiros, e durante as missas, isso não poderia ser diferente.

Dona Roseli, sua fiel escudeira com mais de 30 anos de parceria é quem realiza os preparativos da missa. Ela acende com cuidado e delicadeza as sete velas do castiçal que fica ao lado do púlpito. O preparo segue, nos detalhes, a fidelidade. É possível ver duas placas com os dizeres: "Aqui se entra para amar a Deus" e, "Daqui se sai para amar o próximo".

A fidelidade parece exigir um nível de comprometimento que estes tempos líquidos são incapazes de suportar.

Com o livro "A Religião de Jesus", escrito pelo sacerdote José Maria Castillo, o Padre diz aos fiéis:

– Associar Jesus à tristeza e não à alegria, é uma deformação da fé cristã, pois a alegria de viver não é uma coisa fácil. É fruto de justiça e igualdade.

Ele partilha suas leituras com o público, que apesar de modesto, está sempre muito atento às suas falas. Com orgulho, em seu altar, ele exibe o cartaz que faz referência à Campanha da Fraternidade Ecumênica. A iniciativa é realizada pelo CONIC (Conselho Nacional das Igrejas Cristãs do Brasil) uma associação de igrejas cristãs brasileiras que busca alternativas para aumentar a comunhão cristã e o testemunho do evangelho no Brasil. As igrejas que se tornam membros do Conselho, assumem o compromisso de testemunhar a unidade em Cristo, respeitando as características e a identidade de cada igreja em particular. O objetivo desta campanha em 2021 está em convidar as pessoas que fazem parte de comunidades de fé, a refletir sobre alternativas capazes de superar polarizações e violências cada vez mais comuns em nossa contemporaneidade.

O órgão entende que este processo deve ocorrer através de um diálogo baseado nos conceitos disseminados por Jesus Cristo, o amor, a fraternidade, a comunhão e a partilha. A realização da campanha de maneira ecumênica, configura um importante recado à sociedade brasileira, que marcada pelo individualismo e pela insensibilidade de nossas aflições sociais, carece de reflexões capazes de promover alguns conceitos básicos da religiosidade. O discurso humanizado é algo que sempre percorre a atuação do Padre, tanto em suas falas, como em suas ações.

No trato com o povo da rua, o sacerdote além de acolher, parece sempre favorecer um espaço para questionamentos e reflexões. Em seu convívio, há um forte movimento de remoção das amarras e barreiras, o que faz com que se esteja sempre caminhando na contramão, quando levamos em conta um sistema que se sustenta através de uma forte capacidade de dominação e alienação das pessoas. Por princípio, este homem, como Padre que é, tem a salvação como um de seus principais propósitos de vida.

No entanto, quando observamos de perto, ficamos com a impressão de uma espécie de tentativa de salvação terrena que antecede a salvação celestial propagada pelo catolicismo. Aqui o trabalho é urgente e muitas vezes é preciso negociar o tempo de Deus para que a mínima espera não preceda efeitos e consequências devastadoras. A fé é utilizada como instrumento de transformação.

As missas de domingo costumam reunir um maior número de pessoas que por vezes chegam até a encher a pequena paróquia. São nesses dias em que o sacerdote das ruas questiona com fervor a própria religião como ferramenta de dominação junto ao mau uso da palavra, que segundo ele mesmo, tem por excelência a libertação.

Ele se assemelha aos esquecidos, ao povo que sofre e em suas palavras e ações, caminha numa direção contrária à meritocracia que esmaga os fracos. No domingo de manhã, Júlio Lancellotti é a voz que derruba os muros, atravessa a outra margem e traz para dentro, os irmãos jogados à multidão esquecida, no encontro aos famintos, sem perguntar se eles merecem.

O CAFÉ

O convívio com o povo da rua exige empenho e habilidade nas formas de acesso às mazelas daqueles que estão sempre à margem. No café, através da partilha, pode-se entrar em contato com uma humanidade submersa, dia após dia, no descaso e no esquecimento. Ali há uma espécie de resgate e renascimento, nos sorrisos que se deixam ver mesmo por detrás das máscaras e nos olhos que saltam curvados e serenos em breves instantes de alegria.

Terminada a missa, chega a hora do café. Nos direcionamos para o Centro Comunitário São Martinho de Lima, um galpão cedido por uma empresa, onde existe uma tentativa de suprir, mesmo que momentaneamente, as necessidades mais básicas e imperativas do povo da rua.

O prédio fica há poucas quadras da Igreja. Recolhe-se o que foi recebido e triado, principalmente roupas e alimentos. Tudo é colocado em carrinhos de supermercado para que se facilite o transporte. Alguns voluntários se oferecem para carregar caixas e sacolas pesadas.

Feito isso, começa uma caminhada, como uma procissão. Os voluntários, muitas vezes os próprios moradores de rua, seguem o Padre, que se apresenta como uma luz de esperança em meio às trevas que atropelam e amassam a existência dos renegados.

Forma-se uma barreira humana, que envolve aquele que é considerado o pai dos esquecidos. Eles o protegem, com seus corpos e dão a impressao de que dariam sua vida por ele, sem pieguismo ou demagogia, mas por gratidão, respeito e amor por aquele que os ama sem motivo aparente.

Acenos e abraços conquistam os corações de homens, mulheres e crianças. Aparecem breves sorrisos, incomuns àqueles que estão sempre à margem. Os passos são firmes. Contínuos e certeiros. Aos 72 anos, ao vencer as ruas paulistanas com firmeza e fervor, Padre Júlio é a

Foto: Victor Angelo

força que nos faz resgatar nossa humanidade perdida ao longo de tantos desencontros.

Ele anda em meio às malocas que se amontoam em busca do mínimo espaço. A fita zebrada define os lugares daqueles que não podem aparecer nos cartões postais ou na frente de ruas valorizadas pela doentia especulação imobiliária.

Diante de nós, mostra-se uma crescente crise humanitária que transborda como um fenômeno que vai muito além do social. É a crise do olhar. Do não dito, da palavra e da ausência da palavra, nos emudecidos, nos silêncios e na cegueira que atordoa os passos.

O que dizemos, muitas vezes é sepultado por aquilo que calamos e dessa forma, acostumamo-nos à mais mórbida normalidade, na negligência cotidiana que assegura nossos privilégios.

O amanhecer carrega uma neblina branca e espessa, que deixa ver pouco mais do que um palmo à frente daqueles que caminham em meio ao frio das ruas. Aos poucos, a branquidão sobe aos céus e vai despindo tudo, inclusive a dor, que se escancara na multidão de seres sem rumo.

As malocas estão retraídas e hospedam corpos que se encolhem à míngua de um outono impiedoso. As notícias da contagem de mortes, dão o tom do telejornal. Tenta-se aos poucos, retomar o movimento. Máscaras ainda fazem parte das faces.

É preciso resumir a existência destes seres a uma rua suja, estreita e escura. Sao centenas de corpos renegados por um sistema sádico, que engole tudo aquilo que se distancia de um lucro absurdo, e como um rolo compressor, atropela sonhos e amanhãs.

Cadeiras estão enfileiradas pelo pátio. O povo da rua se acomoda, num conforto simples, que já parece muito para quem está habituado a acomodar as costas no concreto frio todos os dias. Júlio Lancellotti, de microfone na mão, prende a atenção do povo da rua com suas breves e calorosas palavras sobre o dia de São Martinho, passado no último 11 de novembro.

Os que encheram a paciência dele e o discriminaram, passaram. Quem ficou santo foi ele! - diz o Padre, enquanto por baixo das máscaras pode-se notar olhares profundos que hospedam almas machucadas e carentes de atenção e amor.

A cidade apodrece todos os dias. Incontáveis cheiros, sobem e grudam nas moléculas de vapor que disseca as narinas dos renegados. Seus semblantes cadavéricos, são um estado crônico de melancolia, que grita em meio ao emudecido de empresários falsamente engravatados que fingem não ver a dignidade decompondo-se ao pé do meio fio.

Martinho de Lima foi um religioso peruano, nascido no século XVI. Quando uma epidemia atingiu Lima, no Convento do Rosário, muitos religiosos ficaram enfermos e conta-se que ele teria passado a portas fechadas para cuidar de quem padecia da doença. Este ato, inegavelmente encontrou resistência. Martinho resistiu.

Dentro de suas caixas toráxicas, repousam corações que pulsam numa dor constante, na vertigem de sensações inconclusivas, que encostam o lixo pelas esquinas, fazendo morrer sonhos esquecidos em meio ao concreto frio.

A fila do café, demonstra a maneira que a fome, como sintoma da emergência, organiza.

A carência é explícita e os semblantes fechados, logo se mostram como uma defesa necessária para a sobrevivência. Por mais castigados que estejam seus corpos, os olhares nunca mentem e quase sempre, deixam transparecer a ternura que se escondeu, lá dentro, pela presença excessiva da dor. O pão de cada dia faz a multidão sorrir com os olhos. Nas metades dos rostos, tapados por máscaras, escapam sinais de esperança mesmo nos dias regados pelo abandono e pelo esquecimento.

São inúmeros corpos, um atrás do outro, arrastando calçados amassados, chinelos e pés descalços. Faz-se ali, um horizonte sem fim.

Carregam sinais pelos corpos. Entre tatuagens e cicatrizes, exibem sinais de suas vidas, que vão além dos objetos, tantos quantos conseguem carregar. Estão sempre no fio da navalha, em seus prantos calados que são como a gota prestes a transbordar os horrores de seus passados e presentes.

A ousadia de cantar, transporta para suas vidas, a alegria, que como os pães e as bolachas, alimentam suas almas e dão energia para que a caminhada continue, sem rumo certo, dia por dia.

– Bom dia, Padre Júlio!

O cumprimento se repete muito mais do que uma centena de vezes. Assim como suas mãos, cobertas por luvas de borracha, se estendem, muito mais do que uma centena de vezes, no seu olhar, que busca o olhar do outro, todos os dias, em suas décadas de resistência e amor.

Onde e como estarão nestes corpos, as marcas que não podemos ver? O que podemos fazer para que esta fila seja algo além de uma mera procissão de sonhos sepultados?

O café também acontece aos domingos. Até mesmo na lógica da rua este dia se configura de uma maneira diferente. A concentração de pessoas no São Martinho é menor, o que torna mais fácil que rostos conhecidos sejam avistados.

O voluntariado é maior, a mesa mais cheia e a sincronia das mãos distribuindo roupas e alimentos quase forma uma dança. A sanfona, ao som de Asa Branca, dá o tom do ambiente e dita o ritmo da fila. Alguns entram no clima, e por um segundo, a dor se transforma em tímidos passos de dança.

Um atrás do outro, o povo da rua em sua grande maioria está com o agasalho onde no peito pode-se ver impressa a imagem da Irmã Dulce. Também pode-se ver a saudade nos olhos que repousam acima das máscaras. Neste momento são todos estrangeiros, permanecidos em seu não lugar.

Eles são o sertão, aquilo que é sem lugar, o que há de dentro, profundo e longínquo. Muito além de légua e meia. São paixões caladas nos corações que buscam calor.

As comidas se misturam antes mesmo de despencarem em estômagos ulcerados. Meios sorrisos, escondem feridas incontáveis, que são denunciadas por olhos opacos e mãos desembestadas, que se perdem e esbarram sempre naquilo que se mostra inalcançável. Sofrem os homens. E nutrem-se das dores alheias que eles mesmos provocam, numa constância infernal.

Bebedores resfriados ainda estão por aqui. Com faces mal tatuadas e silêncios. Afogando a angústia na cachaça. Os copos transpiram, enquanto os corpos, remoem-se por dentro.

Ele se aproximou de nós. Atraído pela música. A cadeira de rodas hospedava um corpo marcado pelas ferocidades da vida. Via-se a morada da dor, escondida na calmaria de úmidos olhos que se confundiam entre a timidez e a apreensão típica daqueles que quase sempre não são bem vindos em lugar nenhum. Mas ali, ele é. E bem no fundo, ele sabe que sempre será.

Ele pegou o violão. E renasceu.

Os esquecidos caminham, bebendo suores e transpirando as mais amargas desesperanças. Seus olhos parecem não enxergar nada além do medo e da dor. As inocências destes corpos foram enjauladas num passado que agora, escapa de qualquer lembrança.

Neste momento, restam-lhes apenas os dedos dos outros, que apontam-lhes como malditos.

A garoa espessa encharca e assa suas genitálias. Lugares íntimos hospedam pragas. Abandonados. Mal sustentados por pobres pernas raquíticas. Apoiam as costas no bolor das paredes, numa tentativa de sossegar pobres passos trôpegos. Acariciam cachorros sarnentos e pernetas. Também amam. E expressam seus gestos de amor por tudo aquilo que lhes é semelhante.

Lançados de turvos ventres, rebuscam forças improváveis, na inútil e louvável tentativa de conter seus desmoronamentos diários. Os malditos são apenas as patas de um verme gigantesco que se arrasta renegado na beira do mundo.

Tempos de chuvas torrenciais, trazem as horas em que enxurradas carregam, em seus colos imaginários, toda a miséria humana. Corpos se juntam e tentam se proteger de grossos pingos de ódio e as angústias se deitam nas faces enrugadas de tristes homens. Eles fazem os mesmos caminhos.

Em seu cotidiano, o povo da rua está sempre às voltas com os limites da condição humana. Muitos são os momentos em que parecem viver no fio da navalha. Em meio ao amontoado, desentendimentos são frequentes. Qualquer palavra mal colocada já é motivo para fazer os peitos magros se estufarem numa postura de ataque.

No dialeto da quebrada, as meias palavras sempre podem ter um mau entendimento, aqui não há espaço para que se retrate o que já está feito. No grupo da rua não cabe chapéu. O devorador de pecados é nutrido na sonoridade das línguas e por mais que as cicatrizes insistam em esconder, a verdade sempre emerge em carne viva.

No respirar dos esquecidos, sente-se o gosto de sangue repousado na garganta. Hálitos amargos trazem um peso que preenche o ar. Na cacofonia a cachaça faz dançar. A alegria emerge na embriaguez que esquenta o corpo, dá coragem e faz pirar a cabeça. Nos bêbados, a leve irritação, logo é substituída por largos e contínuos sorrisos.

No fim das contas, eles só querem a alegria. Seu âmago quer ser mais do que tão somente um conjunto de tormentos mal diagnosticados.

No entanto, o passar dos anos insiste em mostrar que a vida pode não passar de apenas um gole quente de bebida barata que se engole

a seco.

Na rua, a sobrevivência é permeada por incontáveis momentos de sufoco. O som do desespero é camuflado pelos ruídos estridentes da metrópole. Quase sempre, anoitecem na dor.

O girar da catraca torna os corações ásperos, em passos contínuos que seguem sentidos atordoados, no entrelaçar de vidas que desfigura um somatório de sentimentos inconfessos. Nega-se o terror iminente. Apagam-se os olhos vidrados em telas mortas.

Nestes dias de vândalo, os gritos desconexos são muito mais do que escândalos mal narrados por corpos arredios que vagam diariamente à mercê de esmagadoras culpas. O homem velho, tem o peito molhado de medo.

A força catastrófica do descarte espalha os esquecidos por falsos cômodos a céu aberto. Olhares marejados denunciam o terror do silêncio das coisas não ditas, que os submergem.

O maluco é bicho solto e não aceita domesticação. Na tarde colérica, defesa é a palavra rouca, que quase não sai da boca, no ruído que assusta e protege.

No excessivo embrutecimento, revela-se a sequência de dias que foram vividos sob a guilhotina. Misturam-se vozes e os passos seguem caminhos diversos que desembocam sempre por ali.

Na esquina movimentada, em meio à velocidade de carros errantes, o homem velho, caminha embriagado. Fede vômitos de noites passadas, e sem vacilar, profere brados raivosos e incompreensíveis. O corpo, perto da morte, hospeda uma mente morta.

Quando sozinhos, seus olhos semicerrados, abrigam uma quietude deprimente. Deitados pelos cantos, vivem em dor. Não produzem e pouco consomem. E quase passam por não humanos. Pagam o preço da indiferença todos os dias. O que lhes resta como proteção, são seus corpos, e as bocas, muitas vezes usadas como armas, disparam ofensas, que são trocadas aos montes, num dialeto composto por gírias que muitas vezes só são compreendidas por quem é da quebrada.

O Padre, ao conviver com os maloqueiros, entende a maloca. Por isso existem momentos em que sua postura amável, dá lugar à uma figura dura, séria e assertiva. A firmeza excessiva assusta quem não está habituado. É como se o apocalipse estivesse sendo vivenciado no aqui e no agora. Entre desejos, silêncios e amarguras, as máscaras são incapazes de calar a denúncia que escorre pelos olhos dos esquecidos. A experiência transforma a dor de quem olha, na tristeza do coração de quem vê. Famílias inteiras são abrigadas em casebres formados por sobras de madeira e lona. Não se sabe se o escapar dos sorrisos nos rostos das crianças, tenta confundir a ingenuidade com uma esperança que insiste em estar ali, em algum lugar distante.

Bonecas nuas repousam sobre colchões úmidos e velhos. Nas casas sem paredes, os cômodos muitas vezes são divididos por cobertores pendurados. Todas essas condições não impedem que o povo da rua enfeite suas moradas. Vez por outra, pode-se ver quadros pendurados pelas árvores, tapetes nas calçadas e até mesmo, pequenas salas a céu aberto, que são enfeitadas com objetos delicados.

Apesar das necessidades básicas exercerem um poder imperativo, eles não querem tão somente sobreviver.

Atento às necessidades do povo da rua, ele parece ter desenvolvido uma capacidade de otimizar o contato para que se possa atender o maior número possível de pessoas. Tudo isso sem perder o cuidado e o senso de humanidade, numa capacidade ímpar de captar e entender a urgência presente no olhar daqueles que pedem sem que seja preciso uma só palavra.

Ele caminha em meio às perturbações cotidianas que parecem estar sempre às voltas com os renegados, que muitas vezes, na força do trabalho deste homem, tem a garantia de mais um dia de vida.

Entre acenos, afagos e até mesmo repreensões, ele recebe um a um e acolhe. De avental branco, máscara de guerra e sandálias nos pés, Júlio Lancellotti combate a Pandemia e enfrenta suas repercussões que são sempre impiedosas para os que estão na rua.

O distanciamento e as proteções que se dizem adequadas, são quase que impraticáveis. Faz-se aquilo que é possível, mesmo que pareça sempre insuficiente. O povo da rua está acostumado com as necessidades imperativas.

A mão estendida como fonte de libertação, recai sobre o sofrimento dos pobres. Ele intercede pelos pobres, o Jesus das ruas caminha pelo concreto frio, levando luz e amor ao mar de esquecimentos.

O medo da fome, do frio, da solidão e da morte, faz com que um "vírus chinês" muitas vezes seja apenas história mal contada, algo que está longe e não será capaz de trazer qualquer malefício. Afinal de contas, para muitos deles, não há nada mais perigoso do que a própria rua.

A sobrevivência dita as regras quando a natureza pega pra capar. Nesses dias obscuros, a conta do nosso egoísmo parece ter chegado e os resultados históricos de um país construído na base do descaso se evidenciam à medida em que um inimigo invisível escancara a fragilidade daqueles que se consideram fortes.

Juan, um dos acolhidos, olha minha camisa e, diz: - Ô Hardcore, chega aí. Esse é meu paizão, salva minha vida todos os dias. Depois do Papa, tão batendo. É vitória garantida. Ele se refere à ligação feita pelo Papa Francisco,

Freud talvez pudesse ler a postura do Padre como a demonstração da autoridade paterna, que por vezes castra e impõe certos limites que são necessários. O mesmo pai que acolhe, nutre e se doa.

As tensões são constantes e inescapáveis e em suas palavras, posturas e ações, ele se mostra como feito de carne; o homem bravo e limitador, também dá as caras, como parte da figura que ele representa, uma figura que transmite respeito, admiração, às vezes medo, mas sempre amor.

As profundezas do abandono são escancaradas por uma sociedade que dia após dia, promove a repugnância aos pobres. Através de um discurso que enaltece a meritocracia, fechamos os olhos para os apontamentos da injustiça e em meio a privilégios e acúmulos, deixamos transcorrer a dor alheia em meio a nossa própria miséria.

Diante disso, faz-se aquilo que é possível no aqui e agora. Da maneira mais punk possível, ele parece ter entendido que, se não estão todos usufruindo do que é minimamente necessário, algo está errado. E por este e outros motivos, a luta precisa continuar, pois a aceitação e a passividade frente às mazelas mundanas não são algo com o que este homem pretende se acostumar.

Foto: Victor Angelo

LUTE COMO UM PADRE

No início de fevereiro deste ano, Júlio Lancellotti protagonizou uma cena que causaria uma gigantesca repercussão em todos os veículos de comunicação do país e mais tarde, serviria como ponto de partida para um projeto de lei contra a arquitetura hostil, muito comum nas metrópoles brasileiras.

Foto: Victor Angelo

Sob o viaduto Dom Luciano Mendes de Almeida, munido de uma marreta e no auge de seus 72 anos, ele passou a derrubar as pedras, colocadas com as pontas para cima, pela Prefeitura de São Paulo, como flechas, cujo objetivo era impedir que pessoas em situação de rua se utilizassem do espaço.

A agressividade da estrutura impede a ocupação do viaduto e transforma o local, batizado com o nome de um grande defensor dos direitos humanos, em um campo armado, hostil e repulsivo, como um retrato da perversidade do Estado em relação à população de rua.

Este episódio tornou-se símbolo da luta contra a opressão e a desumanidade do poder público, que através de uma política escancaradamente higienista, se cala diante de atrocidades diárias e além disso, promove ações genocidas que levam o povo da rua a permanecer num constante estado de sobrevivência, não apenas pelas intempéries de suas próprias existências, mas também pelo terror promovido por pedras, balas, rampas e jatos d'água.

Eles sao os invisíveis, numa sociedade que escolhe não enxergar tudo aquilo que incomoda ou mancha o cartão postal da cidade, e por consequência, nos desumaniza e nos distancia do afeto.

Os excluídos dos excluídos, muitas vezes, abraçados aos cobertores que a névoa umedece no frio cortante da madrugada, na convivência com o Padre, tem a sua santidade reconhecida, como uma luz que tenta, por caminhos tortuosos, iluminar suas trevas diárias.

Estes passos desobedientes, são de um homem que caminha com fé numa vida mais humanizada, debruçando-se sobre o sofrimento do outro, como se fosse o sofrer dele próprio.

As marretadas de fevereiro de 2021 transformaram-se um ato que ecoará na eternidade, como mais uma de suas atuações transformadoras que aglutinam um exército de inconformados, onde a resistência permanece como o combustível para que a justiça social, a paz e o amor, permeiem o curso da história.

Há também um trabalho gradativo, para que se desconstrua a imagem de um Deus cruel e opressor, sustentado pela retórica do ódio, que tenta desqualificar todos aqueles que optam por uma postura humana e empática para com o próximo, sobretudo quando este próximo é considerado como alguém marginalizado e desmerecedor de direitos básicos.

Estar sempre ao lado dos que perdem fez com que os ataques sempre fossem parte de sua vida. Ele mesmo conta que ao longo de sua trajetória, quatro pessoas o procuraram para confessar que foram contratadas com o objetivo de matá-lo.

No final, essas pessoas foram perdoadas, assim como outros, que ao longo do caminho, destilaram seu ódio às ações do Padre e se arrependeram.

Sua luta também é permeada pela força do amor e do perdão, num posicionamento claro e contundente, onde se alia a reflexão com a ação e o modo como se escolhe viver, desde às atitudes mais complexas, até os detalhes mais simples e imperceptíveis. Segundo ele, é deste lado que quem segue Jesus precisa estar.

Um Jesus em sua plenitude, que não se faça a gosto daqueles que o introduzem como uma ferramenta para doutrinação e justificação do ódio legitimado como bandeira. Muito leva a crer que o lado certo da história, seja de um Jesus maloqueiro, andarilho, punk e sem sangue nas mãos.

A lógica do capital, que é a lógica do descarte, também quer descartar quem luta pelos fracos, oprimidos e esquecidos. Em nosso sistema, a luta por uma vida digna e humanizada, que questiona privilégios e rompe com o conformismo, é capaz de desencadear reações que podem sempre colocar em risco quem está do lado mais fraco.

Em tempos de penúria, como os de nossos dias atuais, quem anda junto dos esquecidos, encontra um panorama quase apocalíptico. E diante disso, parece não haver outra direção, que não seja a caminhar na contracorrente, em constante enfrentamento.

É como uma reconstrução a partir da força, que apesar de dilacerar os corações dos olhos que veem um cenário distópico, age na tentativa de diminuir o sofrimento, cuidando das feridas daqueles que se amontoam pelos cantos sem saber ao certo quem é por eles.

Lancellotti é por eles, e é com eles. É o "senhor convosco" na figura de um cavaleiro desbravador, que enfrenta os golpes diários em defesa daqueles que são profundamente atingidos pelo horror e pela perversidade das mais severas injustiças, açoitados, na convivência com a morte.

Meados de julho, trouxeram para a capital paulista uma grande massa ar polar, que pairou sobre a região sudeste do Brasil, trazendo um frio não visto há décadas, segundo os especialistas.

Isso certamente acendeu o sinal de alerta do Padre, que prontamente acionou o Prefeito da cidade, solicitando que as Escolas Municipais abrissem as portas para recolher o pessoal da rua nas noites geladas, em que se estimava a temperatura de 3 a 5 graus.

Os anos de luta o transformaram num lutador experiente, que sabe onde bater e sabe como bater. Mesmo contando com a garantia do poder público neste episódio, ele nos conta durante a caminhada do dia 22 de julho para o convívio com os irmãos de rua no São Martinho: — Eu pedi para o Prefeito abrir as portas das escolas municipais, pelo menos durante essas noites que serão muito frias. Disse a ele: se o senhor não me garantir isso, já falei com Dom Odilo Scherer, que se necessário, vamos abrir as portas da Catedral da Sé, para que Jesus seja acolhido.

Após uma série de contratempos, somados à negativa da Secretaria da Educação para a abertura das escolas próximas à região da Mooca, o acolhimento aconteceu da maneira mais "Júlio Lancellotti" possível: Através da ação e do rompimento total com a burocracia.

No dia 28 de julho, a Paróquia de São Miguel Arcanjo abriu as portas num horário incomum, fazendo-se como abrigo para os irmãos de rua, numa noite extremamente fria, inóspita e cruel.

Com a ajuda de alguns voluntários, os bancos de madeira que geralmente ficam centralizados no local, foram empurrados para as laterais, dando espaço para as filas de cobertores e colchonetes, que aos poucos tomaram conta do local, formando 16 pequenas camas, em duas fileiras de 8, uma ao lado da outra.

Seus corpos e almas estavam sob a guarda de São Miguel Arcanjo, que no centro da Paróquia, permaneceu com sua espada em riste, como um protetor fiel dos invisíveis, e um combatente voraz do frio impiedoso da noite e do descaso humano.

A meia luz, formada pelas velas acesas na figura de belos anjos, dava um semblante acolhedor ao ambiente e ao lado de fora, o breu da noite por vezes era surpreendido por luzes inesperadas, vindas dos faróis dos carros, semáforos e smartphones dos passantes que andavam apressados pelas frias calçadas.

Uma bela sopa e chocolate quente ajudavam a amenizar as dores, a fome e o frio.

Naquela noite impiedosa, o enfrentamento não se resumiu apenas à região da Mooca. Acompanhado por um exército de anjos, que caminhavam pelo breu do esquecimento, Júlio adentrava o frio cortante da metrópole, passando pela Casa de Oração do Povo da Rua, na região central, onde era realizado um movimento similar, e também, no metrô Pedro II.

Fazia-se ali, uma mobilização através da força e do empenho, que mostrava mais uma vez o acolhimento como uma prática. No subterrâneo da cidade, dezenas de colchões foram colocados e via-se uma dose de humanidade em meio ao concreto hostil. Era como um bunker, que se configurava numa espécie de salvação, que apesar de momentânea, se fazia extremamente necessária. Uma urgência comum à crise humanitária do nosso tempo.

Durante todo este trajeto, também se via pelas ruas, ao relento, corpos andantes que tentavam se proteger com os cobertores cinza, famosos "pelos de rato", sempre numa espécie de movimentação que os transformava quase em bichos acuados, vulneráveis e frágeis.

Na multidão dos andantes da noite, não se sabe quem é quem, pois eles se fundem em meio às pilhas de cobertores, na ventania que quase desmonta as malocas, deitam-se pelas calçadas, num clima fúnebre, na vida louca, que quando aperta, é cada um por si.

A RETÓRICA DO ÓDIO

A intolerância da sociedade brasileira sempre esteve presente. O mito do povo acolhedor e hospitaleiro pôde ser sustentado por longas décadas, porém, com a emergência da ultradireita pós golpe, o teor servil e odioso da nossa classe média foi legitimado de uma maneira intensa, descarada e cada vez mais frequente.

Através de um conservadorismo perverso, aceitou-se o ataque às minorias e o discurso chinfrim do cidadão de bem como guardião das distâncias sociais e do cultivo inabalável dos privilégios como garantia da desigualdade.

Nosso histórico de colonização, aliado a uma percepção infantil e rasa sobre as mazelas sociais, transforma o liberalismo conservador como a narrativa oficial do Brasil moderno.

Rumos são determinados pela hegemonia de ideias arcaicas e conservadoras, que utilizam de uma espécie de colonização intelectual, para levantar a histeria da corrupção política como maior problema do país, sem que se possa refletir sobre os atravessamentos responsáveis por conduzir nosso funcionamento social.

A suposta elite se vê como superior e além disso, se sente autorizada a destilar o ódio sobre os mais frágeis, que por uma série de desacertos produzidos pela própria lógica social, são lançados às intempéries da vida sem qualquer tipo de amparo ou acolhida, até mesmo em suas necessidades mais básicas.

Tendo em vista a elite paulistana, é fácil identificar um movimento forte, numa clara intenção de assegurar para si a condução ideológica de uma sociedade que através de ações retrógradas, limita o movimento dos setores populares mesmo num contexto de crise sanitária, humanitária e humana.

Trata-se de uma classe que ridiculariza o modo de vida dos economicamente mais pobres, desdenha seu trabalho, sua religião e sua cultura, numa tentativa fracassada de esbanjar superioridade. Mesmo sendo inculta, ignorante e não tendo condições de tecer uma análise coerente sobre a sociedade em que vive, contenta-se em permanecer na superfície, propondo soluções fáceis e simples para problemas complexos, por meio de uma lógica de raciocínio extremamente primitiva.

Sustentam-se sobre pobres pernas amputadas e discursos ocos, que por vezes ostentam a submissão em pataquadas bananeiras, como na vergonhosa apresentação de blindados cuspidores de fumaça na frente do Palácio do Planalto, em que o sonho de desfile militar, transformou-se em motivo de chacota, mais uma do rascunho de presidente, que neste momento, derrete dia após dia.

A classe média, num poço de vergonha, se excita pelas falanges fascistas que se sustentam na latrina do pensamento vira-lata que se faz cego diante dos horrores ininterruptos de um desgoverno que fere o Brasil e os brasileiros dia após dia.

A cultura desta classe quando busca conhecimento, volta-se totalmente para o trabalho, no sentido de que, desta forma, é possível aumentar seu poder de compra o que supostamente e erroneamente, os coloca acima daqueles que são considerados menores.

Aqui, o dinheiro é colocado num patamar que está sempre acima de qualquer interpretação da realidade em que se vive, num entorpecimento constante, que aliena, emburrece, cristaliza as percepções e muitas vezes, desemboca no ódio, como um mecanismo de defesa primitivo.

Rapidamente e há bastante tempo, a indústria cultural se deu conta de que é possível traçar estratégias capazes de manter esta classe mentalmente onde está, menosprezando a vida dos debaixo e invejando a vida dos de cima. O exagero do consumo através de experiências catárticas, mantém a classe média no limbo, imersa na ignorância e confortavelmente distante da realidade.

Assim, a ascensão da classe média, acaba por produzir uma massa acéfala, que se prende ao consumo e se desvincula da condição de cidadão.

A soberba e a sensação de superioridade, se transformam numa vergonha diária, que alimenta egos vazios e dão espaço para a proliferação do ódio, num abismo de contradições e incoerências.

Foto: Victor Angelo

BRASIL X ARGENTINA

Oficialmente, a Pandemia de COVID-19 teve início no Brasil no dia 26 de Fevereiro de 2020. Isso aconteceu após a confirmação de que um homem de 61 anos, vindo da Itália, testou positivo para a SARS – CoV 2, agente causador da doença.

Durante este período e até os dias de hoje, a maior crise sanitária do nosso tempo persiste, e seus efeitos são sentidos de maneira devastadora no país, que segundo a OMS, tem um dos desempenhos mais medíocres no que diz respeito ao enfrentamento dessa questão.

Nosso governo, em grande parte de todo o processo, através de seu líder máximo, adotou uma postura muitas vezes leviana, omissa e imprópria, por meio de um presidente que debocha da ciência, dissemina informações falsas e traça um plano de morte para a população brasileira.

Trava-se uma guerra em que a ciência precisa se unir e combater um inimigo muito potente que se espalha em meio a uma máquina regida pela ignorância, o despreparo e a ineficiência.

Através de narrativas falaciosas, luta-se para que a ciência possa recuperar seu lugar e trazer a luz para tempos sombrios. Em meio a toda essa crise, após ter sido recusada por Chile, Equador, Paraguai, Uruguai, Colômbia e Argentina, a Confederação Sulamericana de Futebol, recorreu ao Brasil para ser sede da Copa América, que acabou se tornando um torneio controverso, desnecessário e sem graça.

Prontamente, nosso governo acatou o convite. Após ter menosprezado a Pandemia, ter saído em multidões sem o uso de máscaras ou os cuidados com o distanciamento social, e principalmente em nenhum momento ter adotado uma postura científica a respeito da crise sanitária, Jair Messias Bolsonaro respondeu à CONMEBOL em meia hora.

Uma postura totalmente diferente da que adotou com a farmacêutica Pfeizer, que teve 41 e-mails recusados pelo governo quando era oferecida a venda de vacinas que poderiam ter salvado a vida de milhares de brasileiros.

Toda essa dinâmica alargou uma ferida no nosso peito e em muitos de nós, fez despertar um novo olhar sobre a postura patriótica que muitas vezes esteve ligada à seleção brasileira de futebol.

No decorrer da Pandemia, o governo atual recusou vacina a 50% do valor pago por Estados Unidos e alguns países da Europa. Configurou-se o resultado de uma gestão incompetente, incapaz, ineficiente e assassina.

Para muitos de nós, não haveria possibilidade de torcer pelo Brasil numa competição realizada em solo nacional sobre 530 mil sepultados, sendo que a ciência já comprovou que a compra de vacinas poderia ter evitado a morte de 400 mil pessoas.

Há tempos, a camisa amarela da seleção brasileira de futebol tem se transformado num símbolo de vergonha, utilizado como bandeira para a nossa ultradireita chinfrim e por aqueles que covardemente apoiaram o golpe sobre Dilma Rousseff. E não seria nada além disso: Um time de covardes. Que se calou diante de recorrentes absurdos.

Por um momento, houve a hipótese de um boicote, mas quando a corda apertou, abaixaram a cabeça e foram para o campo.

Centrados na figura patética de Neymar Jr, que é a representação mais porca da classe média brasileira e sua postura servil, que infelizmente não se importa em eleger falsos heróis, como alguém que em nenhum momento se posicionou a respeito das ações e omissões do governo, ou utilizou de sua influência para pedir uma maior rapidez na vacinação, nem nada.

O incômodo veio apenas quando uma parte considerável dos brasileiros se mostrou a favor da Argentina na partida que decidiria a Copa

Foto: Victor Angelo

América. E há de se torcer para a Argentina sim, pois neste momento, torcer para a Seleção é se colocar cego diante de uma administração negligente e genocida, que mata, ri e anda de braços dados com a milícia e com uma política que só aprofunda as desigualdades.

Mas a paixão é algo que nos cega, nos tira do eixo e nos faz agir muitas vezes só com o coração, o que faz com que algumas percepções precisem de tempo para aparecer e desanuviar posturas e ideias que às vezes nos fazem permanecer num estado de entorpecimento regado a confortos dominicais.

No domingo, dia 11/07/2021, durante o café com o povo da rua, um amigo se aproximou do Padre Júlio Lancellotti para mostrar o gol da vitória da seleção Argentina, que deu um título aos hermanos depois de 28 anos e fez com que Lionel Messi, o maior jogador do século, tirasse das costas um peso injusto.

Pude ver ele vibrar, como um bom italiano: olhos atentos na tela, punho cerrado e um grito de espanto ao ver o golaço do craque Angel Di Maria, com a perna esquerda, por cobertura.

Bradou, para a fila de voluntárias, apenas mulheres, que serviam o café: Viva Maradona, viva Di Maria! Na homilia, durante a missa, o gesto se repetiu: Viva Di Maria!

– O nosso povo não precisa de ganhar troféus, precisamos de vacina no braço e comida no prato! Vacina no braço e comida no prato!

O que rege a lógica bolsonarista é a pulsão de morte e neste caso, torcer para o Brasil, exige um sentido contrário, uma caminhada na contramão, em que se berre por Messi, Di Maria e Maradona.

O SENHOR CONVOSCO

Nestes tempos de catástrofe, a cada esquina, vivemos a representação do horror, em carne viva, num apocalipse que derrama um mar de enjaulados a céu aberto.

As ruas, aos poucos e constantemente, constroem uma estética de vida que se apresenta nas paisagens das metrópoles, que preenchem os olhos de espanto, descaso, conformidade e permanência dos privilégios que fazem permanecer tudo no lugar onde sempre esteve.

O arranjo dos locais forma representações numa organização ou desorganização do espaço tempo, na sinergia do não lugar.

Numa sociedade embebida pela intolerância e pela retórica do ódio, pensamentos retrocessos permeiam as relações e conduzem nosso funcionamento para um rumo sempre próximo à incompreensão e a fáceis condenações.

Em meio a isso tudo, caminha Júlio Lancellotti, dentre forças evidentes e veladas fraquezas, com coragem e fidelidade àquilo que se vive. Onde se pede uma falsa justiça, pautada na desigualdade e na meritocracia, ele apela para a paciência e para a misericórdia.

Nem a peste invisível foi capaz de pará-lo. Segue em combate. Com voracidade, apreço e coragem. Num universo de horrores, faz brotar a beleza e a alegria que adoça o amargo da vida e dá um passo além da sobrevivência. Ele os ouve, partilha com eles, convive com seus medos, anseios e desejos.

Ao longo dos anos, transformou-se no pai de todos aqueles que são vistos com assombro pela sociedade. Carrega consigo as marcas e consequências por estar do lado dos mais fracos, dos oprimidos, dos sem espaço, dos sem voz. Dentre movimentos e ações que por vezes o fazem perder a paz, na escuridão que inebria, tenta ser luz.

Eis aí uma força que se arranca da solidez do ar e sustenta-se nos resquícios de bravura que tanto fazem, mesmo que por vezes pareça ser pouco, em meio ao gigantesco desconsolo dos abandonados, que convivem com o apavoro diário da solidão sem nome.

As paisagens os devoram na crueldade da mais serena e insana paciência, pouco a pouco. Júlio, em sua humanidade divina, convive com eles, é com eles, nem que seja na dor, onde tudo se faz febre na desolação dos dias.

É Jesus, caminhando dentre os despencados anjos, que se deitam pelos canteiros e beiradas do mundo, nos dias quentes que fritam as almas no mormaço de morfina e nas noites glaciais, que sugam tudo e vão além do limite dos corpos, em o sofrimento é tanto, que ainda em vida, para-se de sentir.

Não importa. Ele está lá. E estará. Nas caminhadas de convivência dos sagrados anos que lhe restam e nos sonhos de sabedoria que se debruçam nas memórias, no eterno, no legado dos corações imortais que pulsarão na história e o farão presente, conosco para sempre.

Ele está no meio de nós.

Foto: Daniel Kfouri

Um vírus, um tiro, a peste, o escuro
Moby Dick, Tiranossauro Rex
A veste, a renda, o sangue azul
E longe a sede, tudo falta

Pólen Soft 80 Gr/M2
Tipologia A771-Roman
Impresso Na Primavera De 2021

Foto: Victor Angelo

Foto: Victor Angelo